아카네, 폭주?!

울먹이며 덮쳐오는 아카네.
사이토의 셔츠를
강제로 벗기려 했다.

이시쿠라 | 히마리
Himari Ishikura

사쿠라모리 | 마호
Maho Sakuram

"네가 적의
스파이였구나?! 옷 속에
도청기를 숨긴 거지?!"

사쿠라모리 아카네
Akane Sakuramori

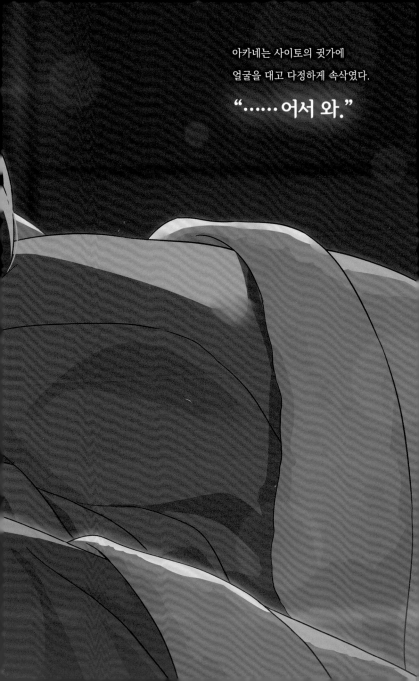

아카네는 사이토의 귓가에
얼굴을 대고 다정하게 속삭였다.

"······어서 와."

CONTENTS

Class no
Daikirai na Joshi to
Kekkon
surukotoninatta

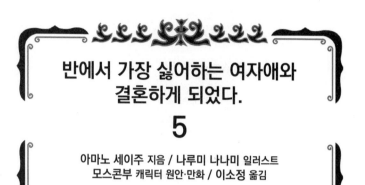

반에서 가장 싫어하는 여자애와
결혼하게 되었다.
5

아마노 세이주 지음 / 나루미 나나미 일러스트
모스콘부 캐릭터 원안·만화 / 이소정 옮김

소미미디어

커버 그림, 본문 일러스트 | **나루미 나나미**
만화 | **모스콘부**

고등학교 1학년 때.

알바하고 있는 카페에서 집으로 돌아오던 길, 히마리는 사이토와 우연히 만났다.

주택가 공원에서 사이토는 멍한 얼굴로 벤치에 앉아 있었다. 홀로 땅거미에 감싸인 그 모습은 너무나도 쓸쓸해서 금방이라도 사라질 것 같았다.

그때까지 히마리는 단짝인 아카네가 사이토와 다투는 것을 그저 바라보기만 했다. 학년 1등 성적을 자랑하는 호조 그룹의 후계자인 그는 자신과는 다른 먼 존재라고 생각했기 때문이다.

무심코 말을 걸어버린 것은, 드물게 사이토에게서 인간다운 분위기를 느낀 탓이었을까.

"사이토."

"……아. 이시쿠라."

시선을 드는 사이토.

"뭐 하고 있어?"

"딱히. 아무것도."

감정이 메마른 듯한 목소리였다.

"집에 안 가?"

"오늘 부모님이 집에 계셔."

"그럼 더 빨리 돌아가야지."

사이토가 어깨를 으쓱했다.

"난 집에 없는 편이 낫거든."

"아……."

그 말에 히마리는 사이토가 지금까지와는 전혀 달라 보였다.

줄곧 사이토는 누구보다 축복받은 사람이라고 생각했다. 부잣집 가정에서 부모님께 사랑받으며 큰 불편 없이, 유복한 삶을 누린다고 생각하며 부러워했다.

하지만 아니었다. 실제로는 히마리와 같은 고민을 안고 있었다. 평소 절대 그런 모습을 보이지 않는 것은 그가 강하기 때문이었다. 그는 고독한 왕이었다.

"그럼 내가 같이 있을게!"

히마리가 기운차게 사이토 옆에 앉았다.

"왜 그렇게 되는데."

"혼자 있으면 외롭잖아?"

"안 외로워. 혼자 있으면 조용히 생각에 잠길 수 있으니까."

"생각 같은 건 안 하는 편이 좋아. 괜히 빙글빙글 돌아서 더 혼란스러워지잖아."

"뭐…… 그것도 그렇지만."

사이토가 떨떠름하게 인정했다.

히마리가 사이토 쪽으로 몸을 내밀었다.

"그렇지? 나랑 대화나 하자! 사이토랑은 대화도 거의 못했는걸!"

"훗…… 내 고도의 대화를 잘 따라올 수 있을까?"

"저도 아는 이야기로 부탁합니다!"

사이토가 거드름을 피우며 말하기 시작했다.

"옛날옛날 한 마을에서 모모타로가 도깨비를 퇴치했습니다……."

"날 유치원생이라고 생각하는 거야?! 게다가 이야기도 벌써 끝났어!"

"효율적이잖아?"

"효율이 지나쳐!"

사이토 옆에서 웃으면서도 히마리는 그의 눈빛에 쓸쓸함이 깃든 것을 의식했다.

분명 그는 눈치채지 못하고 있다. 본인 안에 큰 틈새가 입을 벌리고 있고, 그 심연이 주인을 집어삼키려 한다는 것을.

──그 틈새를 내가 메워주고 싶다.

히마리가 그렇게 생각하게 된 것은 이때부터였다.

3학년 A반 교실이 벌집이 터진 것 같은 소동에 휩싸였다.

"아카네랑 사이토가 동거한다고?!" "실화냐!" "공붓벌레 두 명이서 제법이네!" "공부도 잘하지만 노는 것도 잘한다는 건가?!"

갑작스럽게 들려온 충격적인 소식에 반 아이들이 흥분했다.

그 중심에서 새빨갛게 달아오른 아카네를 보며 사이토는 위협을 느꼈다.

궁지에 몰린 아카네는 언제 폭주할지 알 수 없다. 그녀는 자기감정을 억누르고 상대에게 조리 있게 둘러대는 것엔 쥐약이었다.

"내, 내가 사이토랑 같이 살 리가 없잖아! 이런 폐기물 같은 녀석이랑 같이 있으면 나까지 폐기물이 될 거야!"

아무리 그래도 폐기물은 좀 아니지…… 하고 슬픈 기분이 들었지만, 사이토는 불에 기름을 붓고 싶지 않아 참았다. 지금은 폭풍이 지나가기를 기다리는 것이 최선이었다.

"근데 나 얼마 전에 둘이 같이 상가 걷는 거 봤어." "대박, 데이트야?" "완전히 확정이네."

꺅꺅거리는 여자들에게 아카네가 외쳤다.

"데이트 아니야! 사이토에게 스토킹 당한 것뿐이야! 슬슬 경찰에 신고하려고 생각하던 참이었어!"

"호조가 스토커라고?"

"그래! 집까지 따라와서는 어느 틈엔가 냉장고를 뒤지고 있는 녀석이라고!"

"호조 완전 수상해……."

"깨닫고 보면 마룻바닥 틈새로 빤히 들여다보고 있다고!"

"호조 완전 변태……."

이봐, 하고 사이토는 속으로 이의를 제기했다.

그 변명은 사이토 쪽의 대미지가 너무 컸다. 반 여자애들과의 마음의 거리가 다른 은하까지 떨어져 버리고 말았다. 절반 이상의 여학생이 스마트폰을 꺼내 신고 태세를 취하고 있었다.

남학생이 고개를 갸우뚱한다.

"호조가 스토커라는 건 좀 아닌 것 같은데? 나도 둘이 뒷문 근처에서 만나는 거 봤어."

"무슨……."

말을 잇지 못하는 아카네.

사이토도 심장이 철렁 내려앉았다. 주위의 눈을 항상 신경 쓰고 있었는데, 어디에서 목격당한 걸까.

"같이 만났다면 데이트잖아!" "사귀는 거 맞네!" "역시 동거하는 거지!"

학생들이 더욱 달아오르며 득달같이 달려들었다.

"안 사귀어!"

"하지만 아카네는 사이토랑 친하잖아."

"안 친해! 볼 때마다 못 죽여서 안달 난 사이야! 그렇지, 사이토?!"

"적어도 난 죽이려 한 적 없다만!"

"난 늘 전력이야!"

"그건 알고 있어."

지금 여기 살아 있는 것이 기적이다.

학생들이 서로 얼굴을 마주 보았다.

"그건 그러니까, 싸울 정도로 친한 사이라는 거 아냐?" "맞아. 이러니저러니 해도 계속 둘이 붙어 있고." "솔직히 잘 어울리기도 하고."

"어, 어울…… 그럴 리…….”

미터기가 폭발한 것인지 아카네는 제대로 반박도 하지 못했다. 주먹을 움켜쥐고 고개를 숙인 채 부들부들 떨기만 했다.

사이토가 평정을 가장한 채 말했다.

"진정해, 너희. 내가 이런 여자랑 사귄다니, 말이 안 되잖아."

"뭐?! 이런 여자라니 뭐야?!"

아카네가 사이토를 쏘아봤다.

"이런 막무가내인 여자를 좋아할 리가 없다는 뜻이야."

"막무가내인 건 너겠지! 늘 집을 엉망으로 만들면서!"

사이토가 아카네의 입을 막고는 모두에게 들리지 않는 목소리로 속삭였다.

　"넌 뭘 이실직고하는 거야……."

　"그야 네가 날 무시하니까 그렇지!"

　"무시한 적 없어. 지금은 이야기 좀 맞춰줘."

　"싫어! 날 더 칭찬해! 너한테는 아까울 정도로 멋진 여자라고 해!"

　"그러면 괜히 더 수상해지잖아!"

　두 사람이 이마를 맞대고 옥신각신하자 반 아이들이 히죽거렸다.

　"""역시 사이좋네~!"""

　입을 모아 말하는 반 아이들.

　"~~~윽!"

　한계에 달한 것인지 아카네는 총알같이 교실에서 뛰쳐나갔다.

　미처 도망가지 못한 사이토에게 반 아이들이 몰려들었다.

　"호조……? 자세한 얘기를 들려주실까……?" "아카네 몫까지 들려줘야겠어……." "두 사람 어디까지 갔어~?"

　퇴로가 막힌 사이토는 죽음을 각오했다.

　사이토는 묵비권을 관철했지만 사태가 진정되는 일은 없었다.

입학 초부터 학년 톱 성적을 독차지한 사이토와 아카네는 평소에도 주목의 대상이었다. 그 둘의 스캔들이니 연애담에 굶주린 학생들이 달려드는 것도 무리는 아니었다.

교실에서는 멀리서 바라보며 수군대는 소리가 끊이질 않아 독서에 집중할 수가 없었다. 참지 못한 사이토가 안뜰로 피신하자 역시 지친 듯한 표정의 아카네와 마주쳤다.

"왜 네가 여기 오는 거야? 방해되니까 교실로 돌아가."

"교실에서는 편하게 있을 수가 없어서."

"편하지 않은 건 나도 마찬가지야. 너 때문에 모두한테 소문이 나 버렸잖아."

"말실수한 건 너잖아. 집에 돌아오라는 소리를 학교에서 하니까 그렇지."

아카네가 어깨를 치켜세웠다.

"뭐야?! 내 탓이라는 거야?! 그럼 이제 돌아오지 마!"

"왜 그렇게 되는데!"

"정글에서 멧돼지나 사냥하면서 살아! 할 수 있잖아?!"

"못 해!"

"너라면 할 수 있어! 온몸에서 원시인의 기운이 넘쳐나니까!"

"원시인의 기운이 뭔데!"

떽떽거리는 아카네와 코앞에서 서로를 노려본다.

집에서 쫓겨난 뒤 겨우겨우 화해한 것도 잠시, 또 이 사달이 나고 말았다. 역시 자신들은 상성이 좋지 않다며 사이토는 탄식했다.

복도 쪽에서 학생의 목소리가 들린다.

"오~, 사이토랑 아카네가 몰래 꽁냥거린다~!"

""?!""

얼어붙는 두 사람.

"헉, 어디, 어디?!" "진짜네!" "밀회라는 건가요, 부인?" "그러게 말이에요, 부인." "집에 갈 때까지도 못 참는다니 성급하네요~." "좋을 때네요, 정말."

창문마다 학생들이 얼굴을 내밀고 다닥다닥 붙어 있다. 날아오는 휘파람, 반짝이는 호기심의 눈빛. 실로 지대한 관심이 쏟아졌다.

수수께끼의 성원까지 들려왔다.

""힘내라! 힘내라!""

"대체 뭘를?!"

사이토에겐 이런 불특정 다수에게 응원받을 이유가 없었다.

옆에 있는 아카네에게서 뿜어져 나오는 살의는 금세기 최대 수준으로 치솟고 있었다.

"다들 거기서 기다려……. 전부 죽여 줄 테니까……."

"섬멸은 안 돼!"

뛰쳐나가려는 아카네의 손을 사이토가 잡았다.

"이거 놔! 녀석들 편을 든다면 너도 적이야! 평생 주머니에서 손을 못 빼는 저주를 걸어버리겠어!"

"수수하게 불쾌한 저주네!"

"평생 양말의 좌우가 계속 틀리는 저주를 내려줄까?!"

"둘 다 싫어!"

창문의 학생들이 웅성거린다.

"학교에서 손잡는다~!" "호조, 완전 대담해~!" "아주 달달하구나~!" "바보 커플이네!" "그냥 부부해!"

"부부 아니야!"

아카네가 온 힘을 다해 고함쳤지만, 안타깝게도 부부였다.

온종일 구경꾼들에 시달린 탓에 방과 후가 될 무렵 사이토는 탈진하기 직전이었다.

아카네와 복도를 지나가기만 해도 "밀회?!" "운명의 만남?!"이라는 식으로 떠들어 대니 아무것도 할 수 없었다. 두 사람에 관계에 대해 탐색하려는 무리가 많아서 안주할 땅은 이미 사라진 지 오래였다.

"가자."

책가방을 멘 시세이가 사이토의 책상 앞에 섰다.

"그래……."

"오빠, 피곤해?"

"피곤할 만도 하지……. 그렇게나 파파라치에 둘러싸여

있었는데…….”

이미 방과 후인데도 반 아이들 대다수는 교실에 남아 기대에 찬 눈빛을 사이토와 아카네에게 향하고 있었다. 셔터 찬스를 놓치지 않겠다는 듯 스마트폰을 든 학생도 있다.

──기대해도 아무것도 안 나와! 빨리 가라고!

연애 뉴스 쪽엔 관심이 없는 사이토로서는 왜 남의 가십에 열광하는지 이해할 수 없었다.

시세이가 엄지손가락을 치켜들었다.

“괜찮아. 남의 말도 칠만 5천일이라는 속담도 있어.”

“200년이나 지났잖아. 소문을 넘어서서 전설이 되겠다.”

“오빠랑 아카네는 구전으로 전해져서 별자리가 된 거 아니야?”

“됐을 리가.”

정확히는 남의 말도 석 달이다. 그렇다 해도 길다.

사이토와 시세이는 학교 현관을 나섰다.

화창한 오후, 꽃향기를 실은 바람이 불어오는 통학로.

시세이는 사이토의 손을 잡고 태평하게 걷고 있다. 어떤 상황이 와도 여동생의 태도는 변하지 않을 것이다. 이 세상에 최후의 보루가 있다면 그것은 시세이의 옆이 아닐까.

아무리 파파라치라도 교외까지는 따라붙지 않겠지 하고 생각한 사이토지만, 그 예상은 안이했다.

여기저기서 발소리와 수풀이 흔들리는 소리가 들렸다.

작은 셔터음과 드문드문 이야기하는 소리. 사이토가 걸음을 멈추면 등 뒤의 발소리도 멈추고, 걷기 시작하면 다시 들려왔다.

"시세…… 눈치챘어?"

앞을 향한 채 사이토가 속삭였다.

"응. 미행이 셋 붙었어."

"난 두 명인 줄 알았는데……."

"시세는 알아. 피미행 프로니까."

시세이가 가슴을 두드렸다.

"그건 자랑할 만한 게 아니야."

"평소 미행자가 붙어 있을 땐 감시역이 되어주니까 반대로 안전. 경비반이 그렇게 판단하기도 해."

"그 경비반, 믿어도 괜찮은 거야?"

"괜찮아. 시세에 대한 미행 기술과 열정을 인정받은 스토커가 경비반에 스카우트 되기도 해."

전혀 괜찮은 부분이 없다. 아끼는 여동생이 좀 더 안전한 환경에서 살았으면 좋겠다고 사이토는 생각했다. 이렇게까지 아름다우면 주위 사람들이 이성을 잃는 것도 이해되지만.

시세이가 물었다.

"미행하는 사람들 어쩔래? 본가 저격반을 부를까?"

"반 아이들을 손쉽게 저격하려 하지 마."

"축제 사격 포장마차에서 원하는 경품이 있을 때도 저격반을 불러."

"너무 손쉽게 부르잖아!"

프로에게 경품을 송두리째 뺏겨야 하는 가게 주인이 가엾다.

"저격반 사람들도 좋아해. 아가씨가 불러주신다면 언제든지 누구든 쏘겠다고 충성을 맹세했어."

"본가가 아니라 네 개인 사병이네, 이미."

당주 자리를 얻은 뒤에도 시세이만큼은 적으로 돌려선 안 된다. 시세이의 심기를 거스른다면 즉각 쿠데타가 발발해 병사들에게 둘러싸일 것이 불 보듯 뻔했다.

"미행하는 녀석들은 내 집을 알아내서 동거의 증거를 잡으려는 거겠지. 이대로 따라붙으면 귀찮은데……."

"한동안 시세 집에서 지낼래? 그게 나아. 지금이라면 세 끼 식사, 시세와의 낮잠, 미녀 메이드도 몇 명 빌려줄게."

시세이가 표정 하나 바꾸지 않은 채 열의를 담아 말했다.

"이 이상의 외박하고 싶지 않아."

"메이드 갖고 싶지 않아? 전직 레이서나 전직 용병, 전직 암살자. 여러 메이드를 갖추고 있어."

"너희 채용 기준은 어떻게 된 거야?"

전직 레이서인 메이드에게 사이토는 이미 실컷 고통받고 있는 기분이었다. 전직 암살자의 시중을 받게 되는 날엔

편안하게 잠드는 걸 넘어서서 차원의 저편으로 사라질 것이다.

"오빠는 시세랑 자는 게 싫어……?"

"싫지는 않아. 하지만 슬슬 우리 집에 돌아가지 않으면 제대로 동거하지 않는다는 걸 할배한테 들킬 것 같거든."

결혼 조건을 충족시키지 못했다는 판단을 받는 것은 곤란하다. 그렇게 되면 사이토가 호조 그룹을 잇는 이야기는 무산되고 아카네는 의대에 진학할 학비를 받지 못하게 된다.

"그렇다면 미행을 따돌려야겠네. 피미행 프로인 시세한테 맡겨."

시세이가 자신만만하게 가슴을 쳤다.

"무슨 계책이라도 있어?"

호조 일족 중에서도 연산력이 뛰어난 시세이라면 분명 압도적인 전략을 제시해 줄 것이다. 사이토는 그렇게 기대했지만.

"오빠가 시세이를 안고 전력으로 달리는 거야."

"그건 계책이 아니네."

"단순할수록 효과적. 화이팅."

"……어쩔 수 없지."

달리기 시작하는 사이토. 이미 시세이는 사이토에게 달라붙어 두 사람의 융합이 시작되고 있었다. 이것을 '안는다'

고 표현해도 될지는 불분명했다.

　추격자 역시 다급해진 것인지 등 뒤의 발소리가 분주해졌다. 사이토는 따라잡히지 않도록 속도를 올렸지만 좀처럼 거리가 벌어지지 않았다.

　"너를 안지 않고 달리는 게 더 빠를 것 같은데?"

　"웨이트가 없으면 오빠에게 훈련이 안 돼."

　"난 훈련을 하고 싶은 게 아니거든!"

　"훈련은 필요해. 호조 가문의 주인 된 자, 맨손으로 용을 쓰러뜨릴 정도의 힘이 필요해."

　"요구의 레벨이 너무 높잖아!"

　사이토는 용사도, 드래곤 슬레이어도 아니다.

　시세이가 갓길에서 작업 중인 쓰레기 수거차를 가리켰다.

　"저 안에 숨어. 쓰레기에 섞여 운반될 수 있어."

　"더러워질 텐데."

　"오빠 몸은 시세가 책임지고 수리할게."

　"믿음직한 말이지만 너한테는 무리야."

　"할 수 있어. 참고로 좀비 만드는 방법은 이미 배웠어."

　"좀비가 되면서까지 살고 싶진 않아!"

　사이토는 시세이를 겨드랑이에 안고 길모퉁이를 급히 돌았다.

　앞쪽 버스 정류장에서 막 버스가 출발하려는 것이 보였다. 쓰레기 수거차에 들어가는 것은 위험하지만 차를 타고 이동하는 것은 현명한 방법이었다.

사이토가 버스 안으로 뛰어들자 뒤에서 바로 문이 닫혔다. 손잡이를 잡은 채 헐떡이는 사이토. 창밖에서는 반 아이들이 발을 동동 구르고 있었다.

바닥으로 내려온 시세이는 신기한 얼굴로 주위를 둘러본다.

"오오. 버스 타는 건 오랜만. 뉴욕까지 가고 싶다."

"태평양이 있으니까 못 가."

"그렇다면 시세가 태평양을 증발시킬래."

"생태계가 망가져. 다음 정류장에서 내릴 거야."

"싫어."

"싫다니…… 고집부리지 마."

"고집이 아니야. 뉴욕이 안 된다면 적어도 종점까지는 타보고 싶어."

고집을 피우며 바닥에 주저앉는 시세이. 그야말로 과자를 사주지 않는다고 떼쓰는 어린아이였다. 주변 승객들의 시선이 따갑다.

"어쩔 수 없지……."

사이토는 시세이를 끌어올려 일으킨 뒤 제대로 된 좌석에 앉혀주었다.

"후후……. 오늘도 시세의 승리."

"이긴 거 아니야."

의기양양하게 어깨를 기대오는 시세이에게 사이토가 꿀
밤을 먹였다. 특별한 볼일이 있는 것도 아니니 빙 돌아가
는 편이 미행을 따돌리는 데에도 더 나을 것이다.

　……라고 생각한 것이 실수였다.
　사이토와 시세이가 내린 종점은 알 수 없는 의문의 산골
마을. 사람 한 명 보이지 않고 민가도 없다. 숲과 댐 정도
밖에 없다. 게다가 버스는 그대로 돌아갔고 다음 버스 편
은 내일 정오라고 적혀 있었다.
　"여기는…… 어디지?"
　"뉴욕?"
　고개를 갸우뚱하는 시세이.
　"적어도 뉴욕은 아니야."
　"정말……? 확실하게 단언할 수 있어……?"
　"확실하게 단언할 수 있어."
　사이토는 바다를 넘은 기억이 없다. 버스에도 프로펠러
나 아공간 이동 장치 따윈 달려 있지 않았다. 아주 평범한,
하루 세 편밖에 다니지 않는 완벽한 동네버스다.
　"시세 스마트폰은 전파 닿아?"
　"안 닿아."
　"도보로 돌아갈 수밖에 없는 건가……."
　사이토는 꿀꺽 침을 삼켰다.

버스로 3시간 거리. 게다가 도중은 굴곡이 심한 산길이다. 사람의 힘으로 가면 시간이 얼마나 걸릴지 알 수 없다.

시세이가 주먹을 치켜올렸다.

"화이팅ー."

"너도 걷는 거거든?!"

"시세는 못 걸어. 왜냐면 오빠를 지키기 위해 심장에 총알을 맞았거든."

"죽었다면 두고 가도 되겠네."

"오빠는 매정해. 뼈는 꼭 거둬줘."

시세이가 걷기 시작하는 사이토의 셔츠 자락을 움켜쥔 채 질질 끌려간다. 옷이 더러워지는 것도 신경 쓰지 않았다.

"오히려 더 체력이 소모되잖아. 평범하게 걸어."

"시세는 오빠에게 어리광부리고 싶을 뿐. ……안 돼?"

눈동자를 깜빡이며 요정처럼 사랑스럽게 올려다본다. 이런 생물을 내버려 둘 인간은 없으리라.

"하여간에……."

땅에 몸을 웅크린 사이토의 등 위로 시세이가 올라탄다.

"이러니저러니 해도 오빠는 시세를 거역할 수 없어."

"산에 버린다."

"오빠는 안 그래. 시세를 아주 좋아하니까."

기세 좋게 사이토의 목에 매달리는 시세이. 맞는 말이라 사이토는 할 말이 없었다. 긴 은발이 사이토의 어깨 위로 흘러내리고 우유처럼 달콤한 내음이 귓가를 어른거렸다.

사이토는 시세이를 업고 산길을 내려갔다.

길은 아스팔트로 포장되어 있고 좌우로는 울창한 숲이 드리워져 있었다. 해가 서서히 저물어 가면서 그림자가 땅을 조금씩 잠식해 갔다.

차분하게 내려앉은 정적 속, 이따금 정적을 깨우듯 나무들 사이로 새소리가 났다. 그것을 제외하면 자동차 도로도 없었기에 들리는 것은 오직 사이토의 발소리와 시세이의 숨소리뿐이었다.

한참 걸어가니 2m 정도의 작은 다리가 보였다.

산에서 나온 물이 바위 표면을 타고 다리 아래로 흘러갔다. 드러난 산의 표면 위로 솟아나듯 자란 나무줄기가 가지를 뻗고 있었다.

나무줄기를 비춘 낡은 가로등 불빛에 나방과 풍뎅이, 장수풍뎅이 같은 것이 모여들었다. 초등학생이 있었다면 눈을 반짝일 만한 보물 장소다.

사이토의 등에서 시세이가 손가락으로 그곳을 가리켰다.

"오빠, 장수풍뎅이 잡아줘."

"그래."

사이토는 가파른 비탈면을 기어가 나무줄기에 붙어 있는 장수풍뎅이를 잡았다.

거무스름한 몸에 훌륭한 뿔. 이미 그럴 나이는 지났다지만 이 늠름한 자태에 사이토도 마음이 설레였다.

"네가 장수풍뎅이를 좋아했나?"

"몰라. 아마 좋아할 거야."

시세이가 장수풍뎅이를 움켜쥐고는 크게 입을 벌렸다.

사이토는 그 즉시 장수풍뎅이를 빼앗아 날려 보냈다. 장수풍뎅이는 자유로운 하늘을 향해 힘차게 날아갔다.

"왜 놔줘? 시세 배고픈데."

"그래서야! 설마 먹을 줄은 몰랐으니까!"

"장수풍뎅이에게 먹는 것 외의 용도가?"

"있잖아! 장식하든 기르든 뭘 해도 멋있잖아, 장수풍뎅이!"

"그런 감각 시세는 몰라. 소름 끼쳐."

"네 감각이야말로 전혀 모르겠고 소름 끼치거든!"

장수풍뎅이를 먹고자 하는 생물을 업고 밤의 숲길을 걸을 담력은 사이토에게 없었다. 솔직히 지금 상태 역시 등 뒤의 시세이에게 머리부터 잡아먹힐 것 같은 위협이 느껴졌다.

"혹시 몰라 말해두는데…… 난 먹지 마라?"

"생각해 볼게."

"생각할 문제가 아니라 절대 안 돼!"

"왜?"

"왜, 라니……?"

질문의 의미를 모르겠다. 시세이가 배고픔으로 이성을

잃기 전에 민가에 도착하지 못하면 오늘이야말로 목숨이 위태로울지도 모른다.

위기감을 느낀 사이토는 발걸음을 재촉했다. 시세이의 침이 목에 흐르고 있지만 분명 졸고 있느라 그럴 것이다. 결코 식욕이 원인이 아닐 것이라며 자신을 타일렀다. 어둠은 무섭지 않지만, 시세이와 단둘이 있는 것은 공포였다.

가까스로 산기슭까지 내려왔다. 주유소의 화려한 불빛이 보이자 안도의 한숨이 나왔다. 그밖에 주변에 있는 것은 폐가뿐. 시골인 것엔 변함이 없지만, 문명의 편린이 있다는 것만으로도 마음이 든든했다.

그때서야 스마트폰 전파가 터져서 가까스로 지도 앱을 확인했다.

"산 반대편으로 나와 버렸다……."

사이토가 기운이 쭉 빠진 듯 주저앉았다.

"브라질로 왔다는 뜻?"

"맨틀은 통과한 적 없어. 우리가 가야 할 곳과는 반대 방향으로 나왔다는 거야. 돌아가려면 다시 산을 넘어가야 해."

"택시는?"

"돈이 엄청나게 들 것 같지만, 그 수밖에 없겠네……."

사이토는 전화를 걸려고 했으나 전파가 안정되지 않았다. 이래서야 택시를 부를 수도 없다.

"젠장, 안 되잖아!"

사이토는 스마트폰을 주머니에 쑤셔 넣었다. 괜히 시간을 써서 배터리라도 나간다면 최악이었다.

사세이가 사이토의 바지를 잡아당겼다.

"오빠, 진정해. 시세가 있어."

"고맙다……."

"이대로 체력이 다해 쓰러져도 시세는 전혀 신경 안 써."

"신경 좀 써!"

"둘이서 야생화할래? 시세는 곰이 되고 싶어."

크앙, 하고 두 손을 곰처럼 들어 보이는 시세는 귀여웠다. 하지만 오빠 된 자로서 여동생은 어떻게든 집으로 돌려보내야 했다.

"걸을까……."

"시세가 히치하이크 할게. 저기서 차가 오고 있어."

"멈춰 줄까……?"

늦은 밤, 이런 시골에서 낯선 인간을 태운다는 것은 너무 위험했다. 요즘은 세상도 뒤숭숭하니 무시하는 것이 고작이겠지.

시세이가 길가에서 껑충껑충 뛰면서 팔랑팔랑 손을 흔들어 존재를 알렸다.

오빠로서는 한순간 차를 멈추고 싶을 정도의 사랑스러움이지만 차는 속도를 늦추지 않았다. 더욱 가속하더니 굉음과 함께 들이닥쳤다.

사이토는 시세이를 끌어안고 물러났다.

시세이가 있던 장소 코앞으로 차가 급정차했다.

"뭐 하는 거야, 임마! 위험하잖아!"

간담이 서늘해진 사이토가 고함을 치자 차내에서 여성 운전자가 내렸다. 낯익은 얼굴, 낯익은 복장. 메이드 운전사였다.

"데리러 왔습니다, 아가씨. 늦어서 죄송합니다."

"너였냐!"

"응, 수고."

메이드 운전사가 사이토의 품에서 시세이를 안아 올리더니 차에 태운다.

"여긴 어떻게 안 거야?"

"아가씨께는 발신기가 달려 있습니다. 좀처럼 돌아오시지 않아 위치를 조사하던 중 조금 전 위치 특정에 성공했지요."

"발신기……?"

시세이는 신기한 듯 블라우스 깃을 들여다보거나 치마를 걷어 올리며 찾고 있다. 본인도 몰랐던 사실 같았다.

"그래도 살았어. 이대로 산을 배회했더라면 조난당했을지도 몰라."

"도움이 되었다니 영광입니다. 그럼 실례하겠습니다."

메이드 운전사가 문을 닫고 차는 달리기 시작했다. 아직 사이토는 타지도 않았는데 훌륭한 가속과 코너링. 데려갈 마음이 조금도 느껴지지 않았다.

"아니, 아니! 온 김에 나도 태워줘!"

사이토는 전속력으로 차를 쫓았다.

사이토와 아카네의 동거 의혹이 불거진 지 벌써 사흘.

두 사람의 집은 식량 위기에 처해 있었다. 어디에 반 아이들의 눈이 있을지 몰라 둘이 함께 사러 가지도 못하고 단독으로 나가더라도 출입에 신경을 써야 했다.

도중에 마주치면 생활권이 드러나기에 산책 하나 하는 것도 망설여져 제대로 된 생활을 할 수가 없었다. 기껏 아카네와 화해하고 집으로 돌아왔는데도 마음을 놓을 여유는 없었다.

"이제 곧…… 쌀이 다 떨어져……. 우린 이대로 굶어 죽을 거야!"

주방에서 쌀통을 들여다보는 아카네의 눈빛이 절망에 젖었다.

"설마 굶어 죽기야 하겠어."

"사이토, 벼농사 경험은 있어……?"

"벼농사는 안 해. 지금부터 해도 늦어."

"다시 말해 모든 게 늦었다는 거구나……. 세상의 종말인 거구나……."

아카네가 쌀통을 끌어안고 몸을 떨었다.

"정신 좀 차려. 내가 근처 편의점에서 몰래 사 올 테니까."

"편의점은 슈퍼 가격의 1.5배나 비싼데?! 그러다 파산해!"

"그 정도로 파산하진 않지……."

생활비라면 할아버지인 텐류에게서 넘칠 정도로 입금되었다.

"쌀이 없으면 케이크를 먹으면 돼, 우물우물."

테이블에서는 시세이가 그릇에 가득 담긴 흰 쌀밥을 먹고 있었다. 얼굴 곳곳에 밥알을 묻힌 채 과감하게 단무지를 씹어 먹는 모습에는 거침이 없었다.

"쌀이 빨리 줄어드는 건 주로 시세, 네 탓인데?"

"맞아……. 밤늦게 멋대로 생쌀을 5kg 정도 먹은 건 반성하고 있어."

"네 소화력은 어떻게 된 거야?"

"시세는 전차라도 통째로 삼키고 소화할 수 있어."

"네가 대괴수냐."

"시세가 책임질게. 오빠의 혈육이 될 수 있다면 바라는바."

시세이는 바닥에 눕더니 가슴에 손을 모으고 얌전히 기다렸다.

아카네가 눈을 부릅떴다.

"설마 호조 가문에 카니발리즘 관습이 있었어?!"

"있을 리가 없잖아!"

"오빠…… 시세를 먹어도 돼……."

시세이가 유혹하듯 속삭이며 사이토의 셔츠를 꼬옥 잡아당겼다.

"안 먹어."

"크림투성이로 만들어도 괜찮아. 오빠의 욕망대로 탐해도 돼."

"사이토……? 넌 늘 여동생을 크림투성이로 만들어서 먹는 거야……? 미쳤어!"

"오빠는 미쳤어."

뒷걸음질하는 아카네. 고개를 끄덕이는 시세이. 터무니없는 오해로 인해 사이토의 주가는 폭락했다.

그때 2층에서 바닥이 삐걱대는 소리가 들렸다.

"헉?!"

몸을 굳히는 아카네. 창백한 낯으로 삐걱삐걱 움직여 천장을 올려다본다.

"지, 지금…… 무슨 소리 났지……?"

"음. 쥐 같은 게 있는 거 아닐까?"

"침입자야! 반 아이들이 우리 집에 들이닥친 거라고!"

"애들이 그런 폭도 같은 짓을 할 리가 없잖아!"

사이토가 타일렀지만, 냉정을 잃은 아카네에게 논리는 통하지 않았다.

"처리해야 해……. 반 아이들 모두를 처리해야 해……!"

"처리하지 마!"

주방에서 뛰쳐나가는 아카네를 사이토가 쫓아갔다. 내버려 두면 무슨 짓을 벌일지 모른다는 점이 가장 무서웠다.

"어디야……? 어디 있어……? 놓치지 않겠어……."

아카네는 계단을 뛰어서 올라가더니 자신의 공부방, 사이토의 공부방, 빈방 등 차례로 문을 열고 확인했다. 핏발선 눈을 희번덕거리는 모습은 그야말로 도깨비의 형상이었다. 만약 침입자와 마주친다면 상대는 울며불며 사과할 것이다.

마침내 침실로 들어서자 침대 이불이 약간 볼록 솟아 있었다.

"저 안에…… 사람이 있는 거지……?"

호신용인지 아카네는 금속 배트를 움켜쥔 채였다.

"아니…… 없는 것 같은데……."

"난 알아! 숨어도 소용없으니까 나와!"

아카네가 온 힘을 다해 이불 위로 배트를 내려쳤다. 바람을 가르는 소리가 울리고 매트리스가 화려하게 움푹 꺼졌다. 아카네는 배트 끝으로 이불을 걷어 안을 확인하고는 후, 하고 만족스러운 숨을 내쉬었다.

"만약 정말 누가 있었다면 어쩌려고!"

"당하기 전에 치는 거야! 여긴 전국 시대니까!"

분개하며 주장하는 아카네를 사이토가 타이른다.

"이미 난세는 끝났어. 벌써 400년이나 지났다고."

"내 전국 시대는 아직 끝나지 않았어!"

"진정해! 일단 배트는 내려놔!"

제초기 같은 기세로 배트를 회전시키고 있으니 자칫하다가는 사이토의 목마저 날아갈까 두려웠다.

아카네는 몇 번 더 침대를 내려치고는 창가로 다가갔다. 요즘은 늘 닫혀 있는 커튼을 살짝 열고는 틈새를 통해 밖을 들여다봤다.

"사, 사이토! 저길 봐!"

"······이번엔 뭔데?"

사이토가 다가서자 아카네가 바깥의 행인을 가리켰다.

"저 사람, 이쪽을 보고 있어! 반 아이의 심복일 거야!"

"반 아이의 심복은 뭔데. 단체로 암살자라도 고용했다는 거야?"

"그런 게 틀림없어······."

"아니, 틀렸어. 생각 좀 해 봐. 저런 노인이 암살 같은 걸 할 수 있을 리가 없잖아."

80은 넘은 것처럼 보이는 노파다. 전동 휠체어를 타고 시속 2km의 초 안전 운전을 하며 나아가고 있다.

아카네가 팔짱을 낀 채 미간에 주름을 잡았다.

"······역시 암살자야!"

"생각 좀 하라고 했잖아!"

"생각한 뒤에 나온 결론이야!"

"만약 그렇다면 진짜 큰일이네……."

사이토는 오싹했다.

"저건 분명 특수 분장이야. 할머니인 척하지만 속은 다섯 살……."

"다섯 살이면 위협이 안 되잖아."

"클론으로 다섯 살이니까 몸은 스무 살 정도야. 정부가 비밀리에 만들어낸 생물 무기라고. 호적도 없으니까 흔적도 안 남을 거고. 우린 다 살해당할 거야. 그래, 다 정부가 꾸민 일이야."

"정신 차려!"

사이토는 음모론에 휩싸인 아내의 어깨를 흔들었다. 하지만 아카네의 눈빛은 이미 빙글빙글 돌고 있어 돌아올 기미가 보이지 않았다. 두려움이나 과도한 감정은 사람에게 정상적인 사고력을 빼앗는다.

"애초에 우리를 암살해서 반 애들한테 무슨 이득이 있다는 거야?"

"맞는 말이야……. 우리가 동거한다는 증거를 잡고 싶은 것뿐이지……."

"그렇지?"

아카네에게 약간의 이성이 돌아온 것 같아 사이토는 안도했다.

"즉 온 집안에 도청기와 감시 카메라가 설치되어 있다는 거지?"

"그런 뜻이 아니야!"

역시 이성은 돌아오지 못했다.

"집에 설치하지 않았다면 사람에게……? 사이토에게서 전파가 나오는 것 같은데……?"

"기분 탓이겠지!"

"아니, 기분 탓 아니야! 네가 적의 스파이였구나?! 옷 속에 도청기를 숨긴 거지?!"

울먹이며 덮쳐오는 아카네. 사이토의 셔츠를 강제로 벗기려 했다.

서로 옥신각신하다 발을 헛디딘 사이토 위로 아카네가 올라탔다. 허벅지로 사이토를 누른 채 거친 숨을 몰아쉬며 셔츠 단추로 손을 뻗는다.

"포기해……. 네 정체는 내가 벗겨 내 줄 테니까……."

"성희롱 결사반대라고 하던 사람은 어디 갔어?!"

"내가 성희롱 같은 걸 할 리 없잖아! 지금부터 하려는 건 고문이야!"

"고문도 싫어!"

사이토가 어떻게든 평화롭게 아카네를 밀어내려 하는데 셔터음이 울려 퍼졌다. 방 입구에 서 있는 마호가 스마트폰 카메라를 연사하고 있었다.

"언니랑 오빠가 낮부터 야한 짓 하고 있다! 인스타에 올려야지!"

"꺄악?!"

사이토 위에서 물러나는 아카네.

"아, 아니야! 이건 그런 게 아니라 사이토의 가죽을 벗기려던 것뿐이야!"

"가죽을 벗기다니 더 끔찍해!"

마호가 고개를 끄덕인다.

"괜찮아, 다 알아. 하지만 오빠의 동정은 내 거야!"

"전혀 모르잖아!"

난동의 현장을 들킨 아카네의 얼굴이 새빨개졌다.

"언제 집에 온 거야? 초인종 소리는 못 들었는데……."

"초인종 같은 건 안 눌러! 내 집이니까!"

"네 집은 아니지……?"

여벌 열쇠를 가진 시세이도 그렇고, 이 집의 문턱은 지나치게 낮았다. 사이토도 아카네와 단둘이 지내고 싶은 것은 아니지만 최소한의 프라이버시는 갖고 싶었다.

"히마리도 와 있어."

"실례합니다~."

마호 뒤에서 히마리가 얼굴을 내밀었다.

"앗……."

아카네가 난처한 표정을 지어 보였다.

"언니랑 오빠가 동거한다는 소문으로 엄청 난리도 아니었다며? 우리가 해결해주려고 온 거야."

"마호…… 너……."

그런 호의를 베풀다니, 사이토는 그녀를 다시 평가했다.

"이런 재미있…… 곤란한 상황을 내버려 둘 순 없지!"

"야, 임마."

사이토에게 주먹 돌리기를 당해 꺄악, 하고 비명을 지르는 마호. 사이토는 나름대로 힘을 줘서 아픈 곳을 공격하려 했지만 묘하게 더 즐거워 보이는 모습이 신경을 자극했다.

사이토는 히마리에게 깊이 고개를 숙였다.

"저기…… 미안해."

"엥, 왜 사과해?"

눈을 깜빡이는 히마리.

"나랑 아카네가 같이 산다는 거 말 안 해서. 결과적으로 히마리를 속인 거잖아. 미안해."

히마리가 황급히 손사래를 쳤다.

"사이토는 잘못 없어~! 전부터 어쩐지 둘이 같이 사는 게 아닐까 생각하고 있었거든."

"어…… 그래?"

"응! 도시락 내용물이 같다든지, 샴푸 냄새가 같다든지, 사이토가 유난히 이 집에 대해 잘 알고 있다든지, 의외로 감추는 게 허술하던데?"

"이런······."

숨겼다는 생각은 사이토의 착각이었다. 애초에 감이 좋은 히마리를 상대로 적당한 변명은 통하지 않는다.

"게다가 둘이 같이 사는 건 딱히 좋아서 그런 게 아니라 도저히 거스를 수 없는 사정이 있어서 그런 거잖아?"

"대체 어떻게 아는 거야?"

그런 부분까지 간파하다니.

"'집안의 명령으로, 좋아하지도 않는 상대와 결혼하게 된다면 어쩔 거야?'라고 아카네한테 상담받은 적이 있거든."

"야, 아카네······."

사이토가 비난 섞인 시선을 아카네에게 향하자 아카네가 당황했다.

"마, 만약의 이야기라는 전제로 상담했어!"

"상담 자체를 하지 마!"

당사자에게서 정보가 유출됐다면 어쩔 도리가 없다.

"사이토네는 그 호조 그룹이니까 정략결혼 같은 건가? 집안 사정이라면 가족 외에는 말하기 어렵지."

히마리의 대단한 이해심에 사이토는 오히려 죄책감을 느꼈다. 이렇게 된 이상 전부 털어놓는 것이 상대를 위한 예의일 것이다.

"정략결혼은 아냐. 우리 할아버지랑 아카네의 할머니가 예전에 사랑하던 사이였대. 근데 맺어지지 못했던 자신들

의 염원을 이루기 위해 손자들에게 결혼을 강요한 거야."

"그렇구나. 요컨대 연애 감정은 전혀 없는 결혼인 거지?"

"……응."

히마리가 사이토 쪽으로 몸을 내밀었다. 입술이 닿을 것 같은 거리. 그녀의 달콤한 열기가 사이토를 감싸듯 풍겨왔다.

"즉…… 내게도 기회가 있다는 거지?"

"그건……."

대답하려는 사이토. 하지만 아카네가 손뼉을 딱 쳤다.

"아, 아래에서 대화하지 않을래? 이런 데서 얘기하기도 그러니까 차라도 내올게!"

"케이크도 있어~! 히마링이랑 선물로 같이 사 왔어!"

마호가 가벼운 발걸음으로 계단을 뛰어 내려갔고 아카네가 뒤따른다.

1층에 케이크를 두고 왔다면 이미 시세이에 의해 사라지지 않았을까 생각하는 사이토. 그렇다고는 해도 언제까지고 침실에 있을 수도 없다.

"우리도 갈까?"

"……응."

히마리는 부부의 침대를 물끄러미 바라보고 있었다.

아카네는 서둘러 홍차를 우리고 테이블에 다과를 차렸다. 테이블 주위로 사이토, 히마리, 마호, 시세이 이렇게 네 사람이 앉아 있다. 이미 시세이는 자신의 케이크를 다 먹고 사이토의 케이크로 손을 뻗고 있었다.

히마리가 미안하다는 듯 눈썹꼬리를 축 늘어뜨렸다.

"미안해, 아카네……. 나 때문에 소동이 일어나서. 내가 생각한 걸 그대로 교실에서 말하지만 않았어도 이렇게 되진 않았을 텐데."

"히마리 때문이 아니야! 애초에 우리가 히마리에게 말하지 않았던 게 잘못이지."

"'우리'……?"

히마리의 눈썹이 꿈틀 움직였다.

"어? 뭐, 뭔가 이상한 말 했나?"

"아니, 어쨌든 내 책임이니까 소동이 가라앉을 수 있게 도와줄게! 내가 할 수 있는 거라면 뭐든 할 테니까!"

아카네가 조심스레 물었다.

"왜…… 화 안 내……?"

"화낼 이유가 뭐 있어?"

"그, 내가 계속 거짓말을 했잖아……."

"아하하, 그 정도로 화를 내지는 않아~."

히마리는 명랑하게 웃었지만, 아카네는 안절부절못하는 기색이었다.

——정말, 화나지 않았어?

만약 자신이 같은 입장이었다면 더 격노했으리라. 단짝

임에도 중요한 사실을 말해주지 않았다, 믿어주지 않았다며 실망할 게 분명했다. 진실을 알게 되어 미움받을까 봐 두려웠다는 게 가장 큰 이유라 할지라도.

생각해 보면 히마리가 화를 내는 모습을 거의 본 적이 없다. 옛날부터 히마리의 본심을 좀처럼 들을 용기가 없어서 자신이 먼저 피해 버렸다. 이렇게 오래 지냈는데도 히마리와는 한 번도 싸운 적이 없다.

마호가 주먹을 치켜들었다.

"좋아, 그럼 시작한다! 제52회 오빠와 언니의 소문을 어떻게 없앨 것인가 작전 회의!"

"벌써 회의를 51번이나 한 건가. 그런데도 결론이 안 났다는 게 더 대단하네."

"음."

시세이가 손을 들었다.

"네, 시짱! 뭔가 아이디어가 있나요?"

"소문을 낸 학생들을 전원 붙잡아서 뇌를 없애."

"기억이 아니라 뇌를?! 그럼 죽어!"

"죽지 않아. 뇌 대신 전자뇌를 심으면 돼."

"본인은 죽은 거나 마찬가지잖아!"

"그럼 그 대신 스펀지를 심으면 돼."

"무슨 의미가 있는데! 움직이지도 못하겠다!"

시세이에게 뇌를 적출당할까 두려워진 사이토는 그녀와

거리를 벌렸다. 하지만 시세이는 개의치 않고 척척 거리를 좁히더니 사이토의 무릎을 차지하고 앉았다. 이 남매는 여전히 화목하다.

"뇌를 빼는 건 가급적 피하고 싶지만, 방향성은 틀리지 않은 것 같아……."

"방향성도 틀린 것 같은데……."

사이토는 아카네와도 거리를 벌렸다.

"전교생 책상에 이 이상 소동을 피우면 후회하게 될 거야, 라는 쪽지와 함께…… 뇌를 넣어두자."

"무슨 뇌?!"

"여러 가지가 있지. 국가나 지역에 따라서는 동물의 뇌를 이용한 요리도 있으니까."

"그건 알지만, 그 협박은 너무 살벌하잖아. 하지 말자."

흥분하는 아카네.

"어째서?! 적을 칠 때는 다시는 일어설 수 없을 정도로 철저하게 망가뜨리지 않으면 이쪽이 진다고!"

"나는 전교생을 망가뜨릴 생각 없어. 범인이라는 게 들키면 혼나는 건 이쪽이잖아."

"그렇긴 하지만……."

사이토에게 설득당하는 것은 성에 차지 않았다. 어쩐지 진 것 같은 기분이다.

"불평할 거라면 너도 아이디어를 내! 불평은 누구나 할 수 있어!"

"국민의 큰 반발 없이 슬쩍 법안을 통과시키고 싶거나 높으신 분의 스캔들을 무마하고 싶을 때 많이 쓰는 방법은 그보다 더 시끄러운 뉴스를 보내서 눈을 돌리게 하는 거겠지."

"그러니까 뇌면 되잖아."

"뇌는 사건성이 너무 높아."

아카네가 생각에 잠겼다.

"그렇다면 신장……? 아니면 간……?"

"장기에서 벗어나."

"맞아, 살코기 쪽이 지방이 적어서 더 건강하지."

"요리 얘기가 아니야. 달리 더 온건한 방법은 없는 거냐고……."

으음, 하고 머리를 맞대는 일동.

이대로 가다간 교사들에게까지 소문이 퍼져 내신에 영향을 미치거나 정학을 당할 우려도 있다. 의대 진학에 차질이 생긴다면 돌이킬 수 없다. 어떤 수단을 써서라도 소란을 잠재워야 했다.

히마리가 손뼉을 딱 쳤다.

"……맞아! 좀 다른 것 같긴 한데 이런 건 어때?"

"뭔데, 뭔데?"

마호가 묻는다.

"지금은 아카네랑 사이토가 사귀고 있고 동거한다는 소문이 났으니까 그 소문과 반대되는 걸 모두에게 보여주면 돼."

"소문과 모순되는 증거를 보인다는 거구나. 나와 사이토가 사귀지 않는다는 결정적인 증거…… 즉, 사이토의 죽음."

"시도 때도 없이 날 망자로 만들지 마."

사이토는 소파 그늘로 대피했다. 아직 계획 단계에 지나지 않는데도 경계심이 강한 남자다.

히마리가 쓴웃음을 지었다.

"그렇게까지 할 필욘 없어. 사이토가 다른 여친을 만들면 돼."

"사, 사이토한테 여친을……?"

바람 아니야?! 하고 생각한 아카네는 곧바로 그 생각을 떨쳐냈다. 자신과 사이토의 결혼은 그저 형식상이었으니 애초에 바람이 성립되지 않았다.

히마리가 말을 덧붙였다.

"아, 여친이라고 해도 진짜 여친은 아니야. 그런 척만 하는 거지."

"그렇구나~! 언니와는 다른 아이가 오빠랑 학교에서 붙어 있으면 다들 혼란스러워하다가 소문도 헛소문이라고 생각할 거야! 히마링 머리 좋다!"

"좋은 생각이네."

마호와 사이토의 감탄에 히마리가 뺨을 긁적였다.

"에헤헤, 나 이런 건 꽤 잘하는 것 같아. 공작이라고 하나?"

"그러고 보니 중학교 때도 히마리가 반 아이들의 안 좋은 소문을 없애거나 왕따 문제를 없애주기도 했지."

"완전 픽서네!"

"픽서가 뭐야?"

고개를 갸우뚱하는 히마리.

"완전 귀여워, 히마링 사랑해! 라는 뜻이야!"

마호가 말도 안 되는 것을 알려준다.

"정말? 그런 말 들으면 부끄러운데. 사이토도 참⋯⋯."

히마리는 얼굴을 붉히며 어쩔 줄 몰라 했다.

"전혀 그런 뜻이 아니지만⋯⋯ 뭐, 됐어."

사이토는 설명을 포기했다.

"근데 사이토 여친 행세는 누가 해?"

"저요, 저! 내가 할래!"

"시세가 해."

"나, 나도 괜찮은데."

마호, 시세이, 히마리가 일제히 손을 든다.

"너희⋯⋯."

이런 오만하고 얼빠진 남자를 상대로 어떻게 자기 희생할 수 있는 것인가. 자신 같았으면 위장 여친 같은 건 절대 받아들이지 못했을 것이다.

아카네는 사이토를 노려보았다.

"인기가 많아서 다행이네. 어디까지나 '척'이지만! '척'이지만!"

"묘하게 가시가 느껴지는데……."

"모두의 자비에 감사하도록 해! 하지만 내 단짝이나 여동생에게 손을 댄다면 용서 못 해!"

"나는 손을 대도 괜찮아!"

"나도 딱히…… 오히려 환영이랄까……."

단짝과 여동생이 지나치게 무방비하다. 내버려 두면 사이토의 이기적인 욕망에 희생되어 돌아오지 못할 것 같았다.

"으음…… 시세, 부탁할 수 있을까?"

"응, 나한테 맡겨."

위장 여친 역할은 무난하게 시세이로 정해졌고 아카네는 가슴을 쓸어내렸다.

거실에서 아침 식사를 맛있게 즐기고 있던 사이토는 등 뒤에서 심상치 않은 살기를 느꼈다.

순간적으로 의자에서 이탈하려 했지만, 그것을 뛰어넘는 속도로 어깨가 잡혔다. 양어깨를 조이는 바이스 같은 압력. 뼈가 삐걱대는 소리가 들려왔다.

"뭐, 뭐야……?"

사이토가 고개만 돌려 어떻게든 뒤를 돌아보자 메이드 운전사의 얼굴이 눈에 들어왔다. 단정하긴 하지만 인간미가 느껴지지 않는 무표정. 그녀가 냉랭한 목소리로 전했다.

"사이토 님. 데리러 왔습니다."

"……저승에서?"

그렇게밖에 느껴지지 않는 마중 방법이었다. 사이토는 이번 생과의 이별을 직감했다.

"통학 마중입니다. 오늘부터 아가씨와 위장 연인을 하게 되셨으니 통학도 함께 하는 게 도리일 것 같아서요."

"그건 알겠는데, 왜 내 어깨를 부수려고 하지?"

"부수려고 하지 않았습니다. 분쇄하려고 했습니다."

"분쇄하지 마! 나한테 무슨 원한이 있어서?!"

메이드 운전사의 살기가 더욱 생생해졌다.

"원한도 없습니다. 하필 아가씨에게 여친 행세를 시키다니 신 앞에 겁을 상실한 불손한 인간은 말살해야 하지 않을까…… 하고 검토했을 뿐입니다."

"네게 있어 시세는 신인 건가……."

"신입니다. 살아 있는 자는 아가씨만을 숭배해야 합니다."

"그런 것에 비해선 시세의 푸딩을 맘대로 먹거나 화나게 하기도 하잖아?"

"그건 애정 표현입니다. 아가씨가 너무 귀여운 것이 잘못입니다."

받드는 것인지 애완동물이라고 생각하는 것인지 알 수 없다.

맞은편 의자에 앉아 있던 아카네가 난처한 표정을 지었다.

"사이토를 말살할 거라면 밖에서 해준다면 좋겠어. 뒷정리가 힘드니까…….."

"알겠습니다."

"알겠다고 하지 마! 아카네 너도 가족을 선뜻 팔아넘기지 마!"

"가, 가족……?"

무슨 소릴 하는 거야? 라는 듯이 눈을 휘둥그레 뜨는 아카네.

적어도 부부는 가족이라고 생각했던 사이토는 절망한 채 메이드 운전사에 의해 거실에서 끌려 나갔다. 시세이의 보디가드로서 수많은 괴한을 처리해 온 메이드 운전사를 거역해서는 안 된다. 그것은 곧 죽음이다.

현관 앞에 흰색 고급 승용차가 세워져 있었다.

넓은 차내에 시세이가 홀로 앉아 스마트폰을 들고 있었다.

"몇 번이나 메시지 보냈는데 왜 안 나왔어."

"어?"

사이토는 차에 오른 뒤 자신의 스마트폰을 확인했다. 시세이에게서 '데리러 갈게' '도착했어' '뭐 해?' 등등의 메시지가 잔뜩 와 있었다.

"미안. 아침 먹는 데 집중하느라 눈치 못 챘어."

"속일 필요 없어. 오빠가 아카네와 아침부터 2차전을 벌이느라 정신없었다는 것 정도는 알아."

"무슨 2차전!"

"내장 해저드 대전 모드."

"아침부터 대전할 여유 없어……."

이른 아침에 일어나 혼자 논 적은 있지만, 오늘은 사이토도 아카네도 자명종이 울리기 직전까지 푹 잠들어 있었다. 파파라치가 따라붙은 일로 피로가 쌓였던 것이다.

메이드 운전사가 핸들에 손을 얹더니 백미러 너머로 사이토를 바라보았다.

"사이토 님, 각오는 되셨습니까?"

"안 됐으니까 살살 좀 가줘!"

아침부터 롤러코스터를 탈 만큼 사이토의 심장은 강하지 않았다.

전력으로 밟은 액셀에 몸이 뒤로 밀리면서 동시에 차가 급발진했다. 평소의 세 배는 공격적인 운전이 뱃속을 어지럽혔다.

학교 교문 앞에서 미끄러지듯 도착한 차는 날카로운 브레이크 소리와 함께 멈췄다.

시세이가 문밖으로 나가며 사이토 쪽을 돌아보았다.

"이제부턴 전쟁터. 오빠, 연기할 준비 됐어?"

"그래. 일단 손부터 잡아볼까?"

"좋아. 연인 방식이 좋아."

"연인 방식?"

처음 들어본 말이었다. 국어사전을 몇 권 정도 암기하고 있는 사이토에게도 모르는 단어가 존재한다는 것이 놀라웠다.

"인류 문헌에 따르면 이렇게 하는 것 같아."

외계인 같은 발언을 한 시세이가 사이토의 손을 잡았다. 새하얗고 서늘한 손가락이 사이토의 손가락 사이사이로 들어가며 깍지를 꼈다. 일반적인 손잡기 방식보단 손가락 사이의 밀착감이 강해 조금 간지러웠다.

우뚝 솟은 교사를 시세이가 다른 한 손으로 가리켰다.

"그럼 출진."

"그래."

사이토와 시세이는 가슴을 펴고 입구로 향했다. 실내화로 갈아 신고 연인답게 손을 잡은 상태로 교실을 목표로 했다. 지나가는 여학생들이 시세이에게 말을 걸었다.

"시세이 안녕~!" "오늘도 너무 귀여워~." "말린 멸치 먹을래?" "참치 통조림 먹을래?" "홀 케이크도 있어!" "머리 쓰다듬게 해주라~."

여전한 대인기. 주머니나 책가방, 가슴팍에 차곡차곡 식량이 채워져 갔다. 무슨 효험이라도 있는 것인지 시세이의 머리를 쓰다듬는 데 성공한 여자들은 비나이다, 비나이다 하며 행복을 음미하고는 떠나갔다.

그건 다 좋은데.

"……반응이 없어?!"

사이토가 시세이와 손을 잡은 것에 관해선 누구도 반응이 없었다. 두 사람 사귀어? 같은 소동 따위는 조금도 일어나지 않았다.

"시세의 옆에 있다는 것조차 눈치채지 못한 걸지도……. 오빠의 존재감이 너무 희박한 게 원인인 것 같아……."

"원인이 너무 슬프잖아! 내가 그렇게 존재감이 없어?!"

"오빠는 한없이 투명한 존재…… 그래서 지금껏 여탕에 숨어들어도 붙잡힌 적이 없지……."

"그런 적 없어!"

월등한 미소녀인 시세이에 비하면 평범하다는 것은 자각하고 있지만, 닌자처럼 기척을 지울 수는 없었다.

"혹시 오빠는 이미 죽었어? 유령이라서 안 보여?"

"오늘도 아침을 먹던 도중에 끌려 나왔거든."

"오늘도 정신없이 아침으로 사람을 잡아먹었어? 도중에 내장이 끌려 나왔어? 즉 오빠는 좀비니까 역시 죽었어."

"억지로 끼워 맞춰서 너 좋을 대로 해석하지 마."

특별히 몸 상태의 변화는 느껴지지 않았고 죽었다는 자각 증상은 전혀 없다. 호흡도 맥박도 정상이다.

사이토와 시세이는 손을 잡은 채로 3학년 A반 교실에 들어갔다. 기존에 등교한 반 아이들이 인사를 건넸지만 두 사람의 관계성에 대해서는 전혀 반응이 없었다.

"……어째서지?"

사이토는 자신의 자리에 앉은 채 고개를 갸웃했다.

"손을 잡는 것만으로는 임팩트가 부족해. 더 사이가 좋아야 해."

"더 사이좋게? 내가 시세에게 간식을 먹여준다든가, 뭐 그런 거?"

시세이가 아까 공물로 받은 쿠키를 주머니에서 꺼내더니 사이토에게 건넸다.

"먹여주는 걸로는 친밀함이 부족하니까 입으로 옮겨줘. 오빠가 쿠키를 씹은 다음 시세한테 먹여줘."

"그건 입으로 옮기는 수준이 아닌데."

"부끄러워할 필요 없어. 펭귄이라면 누구나 해."

"난 펭귄이 아니야."

"시세는 오빠의 모이주머니에서 먹이를 받아먹는 것에 저항감 없어."

"나는 엄청나게 저항감 드는 데다 인류라서 모이주머니라는 기관은 달려 있지 않아!"

참고로 조류 중에서도 펭귄은 모이주머니가 없는 종족이다.

평범하게 입으로 옮기는 정도는 괜찮겠지. 애초에 먹던 간식은 늘 시세이에게 뺏기고 있으니 간접 키스 정도는 대수롭지 않은 일이라고 판단한 사이토가 쿠키를 입에 물었다.

시세이는 사이토의 무릎에 기어오르더니 정면을 바라본 채 어깨에 손을 얹었다.

"오빠…… 잘 먹겠습니다."

희미한 달콤함을 띤 속삭임.

"으, 응."

닿는 것은 익숙해도 남매치고는 자극적인 자세에 사이토는 당황했다.

사파이어처럼 푸른 눈동자가 사이토를 바라보더니 극상의 이목구비가 천천히 다가왔다. 시세이의 작은 손바닥이 사이토의 볼에 닿고, 벌어진 입술에서 괴로운 한숨 소리가 새어 나왔다.

그 직후.

따아아악, 하고 사이토의 눈앞에서 시세이의 치아가 맞물렸다.

"헉?!"

직전에 목을 80도 정도로 비스듬히 비틀어 회피한 사이토. 쿠키는 한 조각도 남김없이 분쇄되었고, 하마터면 사이토의 입술도 분쇄될 뻔했다. 이래서야 피라냐에게 먹이를 주는 꼴이다. 낭만적인 요소는 조금도 없다.

"왜 피해?"

"죽고 싶지 않으니까!"

"그 정도론 안 죽어. 오빠 입술은 몇 번이든 부활해."

"안 부활해!"

"오빠는 불가사리와 도마뱀 친척. 재생 가능."

"난 네 친척이거든!"

"시세는 도마뱀 친척."

"아아…… 어쩐지……."

인류의 상식이 안 통하더라니.

이번에는 학생들에게 그나마 먹힌 것인지 교실의 여학생들이 술렁였다.

"시세이, 피라냐 같아서 귀여워~." "나도 시세이한테 입술 먹히고 싶어~." "좋겠다, 호조." "오빠의 특권이지~."

부러워할 게 따로 있지! 사이토는 시세이 팬들의 정신 상태를 의심했다.

아직도 사이토의 심장은 쿵쾅거리고 시세이의 치아는 근거리에서 딱딱 소리를 내고 있다. 곧바로 시세이에게 재갈을 물리고 철수하고 싶었지만, 시세이는 사이토의 무릎에 딱 달라붙어서 떨어지려고 하지 않았다.

"하지만 지금의 반응으로 문제점을 알 수 있었어. 왜 다들 우리들의 관계를 의심조차 하지 않는 건지……. 그건 평소에도 거리감이 너무 가까워서 그래!"

"시세는 처음부터 알고 있었어."

"그럼 처음부터 말해!"

기운이 쭉 빠지는 사이토.

"실제로 시도해 보지 않으면 오빠가 납득 못 해. 다음 단계로 갈 수도 없어."

"다음 단계……라니?"

"좀 더 과격한 방법으로 모두에게 각인시킬 수밖에 없어. 오빠는 키스해야 해. 시세의 여기에."

그러면서 시세이는 자신의 입술에 손가락을 대고 얼굴을 가까이했다.

"아니, 아니! 아무리 그래도 그건 오버지!"

"시세의 입술은 맛있어."

"맛을 말하는 게 아니야! 아무리 남매라도 입술끼리 키스하는 건 지나쳐."

"지나친 정도가 효과적. 이상한 소문도 가라앉고 오빠의 생활이 쾌적해진다면 시세는 오빠에게 입술을 바쳐도 좋아."

맑은 눈동자를 깜빡이며 아무 경계심 없이 사이토를 올려다본다. 이 여동생은 너무 겁이 없다고 할지, 지나치게 순수하다.

사이토는 한숨과 함께 시세이의 어깨에 손을 얹었다.

"그건 소중히 간직해 둬."

"간직해? 뭘 위해?"

"널 안심하고 맡길 수 있는 남자가 나타났을 때 첫 키스 상대가 오빠였다면 그 녀석도 너도 싫겠지?"

"시세를 맡겨? 맡기면 오빠는 어쩌고? 더는 시세를 안 돌봐줘?"

"당연하지. 언제까지나 오빠가 돌봐주면 그 녀석에게 미안하니끄아아악?!"

시세이가 피라냐 같은 기세로 달려들어 사이토 귀를 물었다. 고통스러워하는 사이토의 무릎 위에서 시세이가 뛰어내렸다.

등을 향한 채 그녀가 나직이 중얼거린다.

"……어차피 이미 늦었는데."

"뭐가?"

"시세는 누구에게도 못 맡겨. 오빠 이상의 돌보미 적역은 없어. 100년 후든 200백 년 후든 시세는 오빠 무릎 위에 있을 거야."

"200년 후라니…… 불로불사라도 될 작정이야?"

"시세라면 그 정도는 쉬워."

드물게 화가 난 것인지 사이토 쪽은 돌아보지도 않고 가버렸다. 팬들이 환호하며 시세이를 둘러싸고 과자를 바치기 시작했다.

"불로불사……."

연산 능력이 인간 수준을 벗어난 시세이라면 그런 꿈도

정말 실현할 것만 같다. 그만큼이나 멀고 아득한 꿈을 품은 사이토는 그것이 허황되다며 웃을 수 없었다.

사이토 일행은 점심시간 옥상에 모였다.

지금 상황에서 사이토가 아카네와 단둘이 있는 모습을 보이는 것은 불에 기름을 붓는 격이었기에 다른 학생들이 엿듣지 못할 만한 장소를 골라 모인 것이다. 시세이, 히마리, 마호도 함께 모였다.

"시세와 이것저것 해봤는데……."

"뭘 한 거야, 오빠?! 시짱은 이제 원래대로 돌아갈 수 없는 몸이야?!"

콧김을 거칠게 내뿜으며 다가오는 마호의 이마를 사이토가 손으로 눌러 저지했다.

"아마 마호가 상상하는 그건 아냐."

"오빠한테 이것저것 당했어. 굉장했어."

양 볼을 손으로 감싸며 수줍다는 포즈를 취하는 시세이. 얼굴은 무표정했다.

"사이토?!"

"사이토가?!"

아카네와 히마리에게서 비난 섞인 시선이 쏟아졌다.

"이상한 짓 안 했어! 너희는 같은 교실이라서 봤잖아!"

도시락 먹여주기, 공주님 안기, 목마, 시세이에게 무릎

베개 후 자장가는 열창하는 등 갖은 수를 써 보았지만 반아이들의 반응은 신통치 않았다.

"음, 뭐 보고 있긴 했는데…… 그렇지?"

"응……."

미묘한 표정으로 고개를 끄덕이는 히마리와 아카네. 아무래도 그녀들에게는 짐작한 바가 있는 듯했다.

"솔직한 의견을 듣고 싶어. 우리에게 부족했던 게 뭐지?"

"으음, 어색함 아닐까?"

"어색함?"

"사이토랑 시세이는 원래부터 사이가 좋으니까 손을 잡아도 평범해 보이거든. 남매 이미지도 너무 강해서 어떻게 해도 연인으로는 안 보여."

"역시 그랬군……. 나와 시세는 일단 타인이라는 전제에서 시작해야 가능했던 거였어……."

시세이가 사이토의 두 손을 움켜쥐고 고개를 저었다.

"안 돼. 시세는 오빠랑 남이 되는 일은 견딜 수 없어."

"나도 그래……."

"오빠……."

마주 보는 두 사람을 보며 히마리가 부드럽게 웃었다.

"정말 가깝구나, 사이토랑 시세이."

"너무 가까운 것도 좀 그렇지만……."

입술을 삐죽이는 아카네.

"어쨌든 시쨩으로는 연인 역할이 안 된다는 거지? 그렇다면 내가 할게!"

마호가 힘차게 손을 들었다.

"사양할게."

사이토는 단호하게 거절했다.

"아니, 왜?!"

"마호는 무슨 짓을 할지 모르니까."

"야한 짓 정도밖에 안 해!"

"아주 그냥 다 할 작정이네!"

"다 하다니, 어디까지 하는 건가요~? 오빠도 참, 나한테 뭘 기대하는 거야~?"

키득키득 웃은 마호가 사이토에게 팔을 휘감아 오며 웃었다.

"이 자식……."

"아, 말 못 하는 거구나~? 나한테 그런 굉장한 일을 시키려고 했어?"

사이토의 뺨을 쿡쿡 찔러오는 마호. 그 장난스러운 미소는 그야말로 음마 같았다.

"너한테는 아무 기대도 안 해. 마계로 돌아가!"

"싫엉~♪."

마호를 붙잡아 옥상에서 쫓아내려 했지만, 마호는 신나게 도망칠 뿐 도무지 잡히질 않았다. 민폐가 형상화되어 움직이는 듯한 소녀였다.

아카네가 히마리 쪽을 바라보았다.

"하지만…… 시세이 씨도 마호도 안 된다는 건…….."

"내, 내가 해야…… 되는 건가?"

히마리가 당황한 얼굴로 자신을 가리켰다.

"싫다면 다른 방법을 생각할게."

진짜 고백을 해 온 소녀에게 연인 행세를 부탁하는 것은 무신경한 짓이 아닐까. 사이토는 주저했지만.

"아니, 사이토에게 도움이 된다면 나도 기뻐! 꼭 시켜줬으면 좋겠어!"

히마리가 달려들 듯 사이토의 손을 잡았다.

"괜찮겠어……?"

"응! 내일부터 사이토와 나는 연인! 몸과 마음 다 완벽히 연기할 테니까, 사이토도 최고의 연기를 보여줘!"

"아, 으응……."

단단히 기합을 넣은 히마리를 향해 사이토는 어색하게 고개를 끄덕였다.

저게
고등학생
이라니…

연인
역할을
할 수
없다면
……

와ー앙

나도
연인
역할
하고
싶어
~!

하고
싶어
하고
싶어!

엄마
역할을
맡겨도
좋아!

엄마?!

주인
역할을
맡겨도
좋아!

?!

야호!

여동생 역할
정도로
참아줘.

사이토가 집을 나서려 하는데 아카네가 굉장한 기세로 그의 앞으로 다가왔다. 사이토의 바로 앞길을 가로막고는 가만히 노려봤다.

"뭐, 뭐야? 그릇이라면 제대로 씻어뒀고 쓰레기도 분리해서 버렸는데?"

달리 아카네의 기분을 상하게 할 만한 일이 있었나 하고 사이토는 머리를 고속으로 회전했다. 앞으로 긴 하루가 시작되는 등교 전 무의미한 다툼으로 체력을 소모하고 싶지 않았다.

"집안일 때문에 화난 게 아니야. 너한테 주의해 두고 싶은 게 있어서."

"밤길을 조심하라든가, 그런 거 말이야……?"

"아니야!"

사이토가 무심코 태세를 갖출 정도로 아카네에게서 전해지는 공기엔 긴장감이 서려 있었다.

아카네는 치맛자락을 움켜쥐며 말했다.

"저, 저기…… 그러니까, 그! 히마리랑 연인인 척하는 건 어쩔 수 없지만, 어디까지나 척이라는 걸 잊지 마, 라고 말해두려고."

"난 잊는 게 불가능해. 왜 굳이 그런 말을……."

사이토가 의아해하자 아카네가 뺨을 붉혔다.

"네, 네가 바보니까 그렇지! 히마리랑 분위기가 좋아져서 본분을 잊고 그대로…… 그렇게 되면 큰일이니까!"

"그대로 뭐?"

사이토가 자세한 설명을 요구했다.

"마, 말하게 하지 마! 괴롭히려는 거야?!"

뒷걸음질하는 아카네. 얼굴을 붉힌 채 수줍어하는 그녀는 웬일인지 귀여웠다.

지금이라면 이쪽이 유리하다. 평소의 복수를 담아 사이토는 새로운 공격을 가해보았다.

"미리 선을 그어놓지 않으면 곤란해. 연인 행세로 가능한 건 어디까지야? 포옹인지 키스인지, 아니면 그 이상인지……."

"~~~윽!"

아카네는 입술을 깨물고 몸을 떨었다.

사이토는 가까이서 그녀의 얼굴을 들여다보았다.

"어서 말해 봐. 네가 먼저 꺼낸 말이잖아?"

참지 못한 아카네가 사이토를 밀쳤다. 두 주먹은 불끈 쥐었고 어깨는 잔뜩 치켜 올라갔다.

"전부……."

"뭐……?"

"전부…… 허락할게……. 그 대신…… 네 몸으로 보상받겠어……."

처형! 처형! 처형!

이글거리는 아카네의 눈빛에서 그런 글자가 보이는 것
만 같았다. 히마리를 조금이라도 울리면 단짝인 내가 용서
하지 않겠다, 재가 될 때까지 태워버리겠다고 눈이 강렬하
게 말하고 있었다.

"다녀오겠습니다!"

장난이 지나쳤던 것 같다. 아카네가 터지기 전에 사이토
는 현관에서 뛰쳐나갔다. 유리한 고지를 선점하더라도 아
카네를 제압하는 것은 어려웠다. 분명 저 소녀는 타고난
전투 종족이다.

도중에 반 아이들과 마주치면 일이 복잡해지기에 사이
토는 우회해서 학교로 향했다. 요즘은 최단거리 통학로를
사용하지 못하는 것 역시 피로가 누적되는 원인이었다.

빨리 반 아이들의 의혹을 풀고 이 상황을 어떻게든 하고
싶다. 그러기 위해서도 연인 연기를 잘 소화해야 했다.

학교에 도착한 사이토는 복도에서 히마리를 둘러싸고
있는 학생 무리를 지나갔다.

교실 한구석에서 독서에 몰두하는 나날을 보내는 사이
토와 정반대로 히마리는 모두의 중심이다. 남녀불문 미소
를 흩뿌리며 모두에게 최고의 웃음을 선사해 준다.

만약 히마리가 아카네의 단짝이 아니었다면, 그리고 아
카네가 사이토에게 1학년 때부터 시비를 걸어오지 않았다

면 사이토는 히마리와 대화할 일도 없었으리라.

오늘만 해도 사이토는 같은 공간에 있는데도 마치 별세상에 있는 듯한 느낌으로 그 옆을 지나가려 했다.

하지만 사이토의 귓가에 히마리가 슬쩍 얼굴을 가까이했다.

"……사이토, 이미 시작했어. 알지?"

어딘가 이채를 띤 은근한 속삭임. 몸 깊은 곳에 스며드는 듯한 목소리에 사이토는 움찔했다.

평소와 같아야 할 명랑한 미소 역시 평소와는 좀 다른, 열에 들뜬 것 같은 빛을 담고 있었다.

히마리는 이미 친구가 아닌 연인이 된 것이다. 눈빛 하나로 입장 자체가 달라 보인다니 엄청난 연기력이다.

"잠깐, 히마리~. 사이토 군이랑 무슨 비밀 얘기해~?"

여학생들이 달아올랐다.

"응~? 아무것도 아니야~♪."

"거짓말! 방금 엄청 수상한 느낌이었는데!"

"아무것도 아니라니까~."

멋쩍은 듯 어깨를 으쓱하는 히마리. 적당히 답을 주면 상대방은 만족할 텐데 굳이 화제를 피함으로써 더욱 흥미를 부추기고 있다.

"히, 히마리! 사이토랑 무슨 얘기 했어?"

교실에서 아카네가 찾아와 히마리의 소매를 잡아당겼다.

"별말 안 했어~."

"말해! 협박이라도 받았어?! 입막음 당했어?! 히마리한
테 심한 짓을 하면 절대 용서 못 해!"

"치, 침착해, 아카네. 정말 괜찮으니까."

난처한 표정의 히마리.

아카네까지 달려들면 어떡해! 하고 사이토는 속으로 반
박했다.

연출을 간파하지 못하는 것만 봐도 아카네는 히마리와
정반대인 저돌맹진 타입이다. 왜 저 두 사람이 절친 사이
가 된 것인지 수수께끼는 깊어져만 갔다.

점심시간이 되자 히마리가 사이토의 책상 앞으로 달려
왔다.

"사이토, 사이토! 학식 안 갈래?"

"점심은 항상 아카네랑 먹는 거 아냐?"

"응, 그렇긴 한데 오늘은 사이토랑 둘이 먹고 싶어서.
⋯⋯안 돼?"

"그런 건 아니지만⋯⋯."

네 절친이 살벌한 눈빛으로 이쪽을 노려보고 있는데⋯⋯
라는 말을 사이토는 삼켰다.

아카네는 참고서를 물어뜯고 있었다. 당장이라도 찢어버
릴 기세였다. 온몸에서 뿜어져 나오는 기운은 '잘도 내 단짝
을 빼앗아 갔구나'라는 분노의 파동. 권유받은 것은 사이토

쪽인데도.

"다행이다! 그럼 가자!"

히마리가 사이토의 손을 잡고 걷기 시작했다.

아주 자연스럽게 손을 잡았지만, 히마리의 손은 떨리고 있었다. 사이토가 곁눈질로 쳐다보자 그녀의 웃는 얼굴도 굳은 것이 보였다. 사실은 긴장한 것이다.

그야 당연했다. 히마리는 사이토를 좋아하고, 사이토에게 도움이 되기 위해 협조해 주고 있는 것이니까.

그런 그녀의 성의에는 최대한 응해주는 것이 도리였다. 이렇게 소문을 없애주려고 노력해 주는데, 그 노력을 헛되이 해서는 안 된다.

사이토는 따갑게 박히는 주위의 시선을 묵살하고 히마리의 손을 힘껏 잡았다.

"사, 사이토……?"

히마리가 어리둥절한 얼굴로 사이토를 쳐다본다.

"……고마워."

그 한마디로 사이토의 마음이 전해진 것일까.

"아니야."

히마리는 뺨을 붉히며 학생 식당 쪽으로 나아갔다.

두 사람이 함께 식당에 들어서자 안에 있던 학생들이 웅성거렸다.

3학년은 물론이고 하급생 안에서도 히마리는 발이 넓다.

그 명랑한 성격과 화려한 외모는 언제나 모두에게 주목의 대상이다.

일단 공부 위주인 이 고등학교에서는 금발인 학생은 히마리 정도다. 그렇다고 히마리가 불성실한 것도 아니고, 교사에게도 머리색에 대한 주의를 받지 않으니 신기할 따름이다.

그런 히마리가 단짝인 아카네가 아니라 남자와 함께 학생 식당에 왔으니 학생들이 호기심을 느끼지 않을 리가 없다.

사이토는 스테이크 덮밥, 히마리는 오므라이스를 주문하고 식당 한가운데 테이블에 마주 앉았다.

창가 쪽이 조용히 먹을 수 있겠지만, 지금은 그것이 중요한 것이 아니었다. 가능한 한 많은 학생에게 두 사람의 모습을 보여줘야 했다.

"히마리, 오므라이스 좋아하지."

"어, 어떻게 알아?"

"학식에서 봤을 때 자주 먹고 있었으니까."

"……."

안절부절못하는 히마리.

"내가 뭐 이상한 소리 했어?"

"나를 잘 봐줬구나 싶어서."

"부, 불가항력이야. 눈에 들어온 것뿐이지."

"에이, 정말~?"

"정말!"

사이토는 목덜미가 뜨거워지는 것을 느꼈다. 1학년 때부터 히마리가 종종 학생 식당에서 말을 걸어오는 일이 있었기에, 그때 시야에 들어왔던 것이 기억에서 지워지지 않은 탓이다.

히마리가 입가를 손으로 가리며 키득키득 웃었다.

"알고 있어. 하지만 그런 말은 여자애한테 쓰지 않는 편이 좋아. 착각하니까."

"조심할게."

"내 친구 중에서도 꽤 착각하는 아이들이 있어. 사이토가 나를 좋아하는 걸까? 라는 상담을 자주 받거든."

"말도 안 돼……."

사이토는 테이블 위에서 머리를 감싸 쥐었다.

자신도 모르는 새에 여자들에게 이상하게 보였을 걸 생각하니 상당히 괴로웠다. 시급히 오해를 풀어야 했다.

"상담한 사람이 누구야? 우리 반 녀석이야?"

"비밀. 이 이상 라이벌이 늘어나면 곤란하잖아."

"라이벌? 무슨 소리야?"

"사이토는 몰라도 돼."

"내가 이해할 수 없는 게 있……다고……?"

사이토가 굴욕으로 입술을 깨물었다.

태어난 이래 아무리 고도의 전문 서적이라도 읽지 못한 적은 없다. 그런데 일개 고등학생의 발언 하나 읽지 못한다는 것은 예상 밖이었다.

"여기 오므라이스가 그렇게 맛있어?"

"중독성 있는 맛이야. 한동안 안 먹으면 손이 떨릴 정도로."

"위험한 풀이라도 들어 있어?"

"파슬리라면 들어가 있는데?"

"그건 안전한 풀이네."

"사이토도 먹어볼래?"

　히마리가 숟가락으로 오므라이스 계란과 밥을 떠서 사이토에게 내민다.

"아니, 그건 좀……."

"아, 미안. 내가 쓴 거라 싫었지! 아하하, 뭐 하는 거야, 나. 너무 오버했나 봐."

　웃으며 얼버무리는 히마리. 하지만 상처받았다는 것을 눈치챈 사이토는 마음이 아팠다. 제대로 정정해주지 않으면 그녀에게 미안했다.

"싫은 건 아냐. ……그, 간접 키스는 긴장되니까."

　히마리가 멍한 표정을 짓는다.

"어……? 사이토도 긴장해……?"

"당연하지. 누구와 사귄 적은 없으니까."

"흐음…… 기쁘네."

"뭐가?"

히마리가 붉게 물든 뺨을 두 손으로 감싸 안고 수줍게 웃어 보였다.

"나한테도 두근거린다는 사실이."

"윽⋯⋯."

맞는 말이지만 확인 사살을 받으니 수치심이 배가 되었다.

히마리가 눈을 크게 뜨고 사이토의 표정을 살폈다.

"그럼⋯⋯ 해 볼까? 간접 키스."

"놀리지 마."

"놀리는 거 아냐. 나는 하고 싶어⋯⋯ 사이토랑."

"하여간⋯⋯."

사이토는 몸이 뜨거워지는 것을 의식하며 자신의 스테이크 덮밥을 먹기 시작했다.

평온한 삶을 되찾기 위해서라지만 히마리와 오랜 시간 연인 행세를 하는 것은 위험할 것 같다. 방심하면 삼켜질 것만 같은 매력이 그녀에겐 있었다.

무슨 맛인지 생각할 겨를도 없이 점심을 마친 후, 사이토는 히마리와 함께 학생 식당을 나섰다.

등 뒤로 학생들의 호기심 어린 시선, 아카네의 살기 어린 시선이 느껴졌지만 가능한 한 빨리 소문을 없애기 위해서라도 여기서 포기할 수는 없었다.

"이제 어쩌지?"

사이토는 히마리에게 작은 소리로 물었다.

"글쎄. 난 연인이랑 학식에서 점심을 먹고 난 뒤에 수업 시간 직전까지 어딘가에서 같이 꽁냥거리거나, 그런 걸 해 보고 싶었는데."

"……해 보고 싶었다고?"

"앗, 아니, 아니! 그게 아니라 역시 연인이라면 점심시간 에도 단둘이서 달달하게 붙어 있어야지!"

가슴께로 주먹을 가져가며 역설하는 히마리. 눈동자가 별처럼 반짝였다. 요컨대 욕망 그 자체였다.

하는 말은 맞는 말이라 사이토는 반박할 수 없었다.

"단둘이 있을 만한 장소…… 생물준비실이라면 아무도 안 와서 쓸 수 있을 것 같은데."

"표본이 잔뜩 있어서 무섭잖아!"

"그게 좋은 거지. 혹시 표본을 보면 배가 고파지는 파야?"

"시세이가 아니니까 배는 안 고파!"

"그렇다면 문제없잖아?"

표본실 같은 곳에 시세이를 데려가는 날엔 비포와 애프 터를 대조해 표본 수가 바뀌지는 않았는지 유심히 신경 써 야 했다.

"문제는…… 없지만. 으음…….."

말을 흐리는 히마리.

"그로테스크한 거 잘 못 봐? 시세랑 공포 게임도 했었잖아."

"못 보는 건 아니지만, 이왕 단둘이 있는 거면 좀 더 로맨틱한 곳이 좋아. 표본 안구가 보고 있으면 진정도 안 되고."

"그런가……."

소녀의 로망에 대해서는 잘 모르는 사이토지만, 좋은 분위기를 연출할 수 있는 장소가 아니면 연인 연기를 해도 효과가 미미할 가능성이 있었다.

히마리가 제안했다.

"우리 교실 근처의 빈 교실 같은 건 어때?"

"반 애들이 금방 눈치채지 않을까?"

"그래서 좋은 거지. 단둘이 있는 걸 모두가 봐줘야 의미가 있으니까."

"맞는 말이네……."

두 사람은 계단을 올라갔다. 인기인인 히마리는 지나가는 학생들 거의 전원에게서 인사를 받느라 마치 퍼레이드 중인 여왕님처럼 바빴다.

4층 복도로 올라온 사이토는 빈 교실 문을 열고 안에 사람이 없는 것을 확인했다.

사이토가 교실로 들어가고 나중에 히마리가 몰래 들어갔다. 문은 완전히 닫지 않고 조금 열린 상태로 놔뒀다. 일부러 반 애들이 엿보게 하기 위해서다.

어지러이 놓인 책상과 의자 그늘에 히마리가 웅크리고

앉았고, 그녀 옆으로 사이토도 몸을 숨겼다.

히마리가 키득거린다.

"왠지 나쁜 짓 하는 것 같네."

"말하지 마."

의식하면 더 어색해진다.

"꽁냥댄다는 건 구체적으로 뭘 하면 돼?"

"뭘 하면 좋을까?"

히마리가 진지한 얼굴로 되물었다.

"말 꺼낸 네가 모르면 어떡해!"

"알아! 알지만! 하고 싶은 게 너무 많아서 고민돼! 이런 기회는 두 번 다시 없을 테니까 후회가 남지 않게 고르고 싶단 말이야!"

허둥지둥하며 당황하는 히마리의 모습에 사이토가 웃음을 터뜨렸다.

"왜, 왜 웃어?"

"늘 여유로운 히마리가 이렇게 욕망에 충실한 건 처음 보는 것 같아서."

기본적으로 히마리는 아카네의 폭주를 저지하거나 반의 실랑이를 수습하는 등 중재역으로 움직이는 경우가 많았다. 화려한 외모지만 결코 나서는 법 없이 모두의 행복을 응원하기에 더더욱 모두의 사랑을 받는 것이다.

하지만 완전무결한 히마리보단 지금의 서투른 그녀에게

사이토는 더 호감을 느꼈다.

"……여유 같은 건 없어. 정말로 좋아하니까."

입술을 삐죽 내민 히마리의 모습에 심장이 약간 욱신거렸다.

"뭘 하고 싶은데? 네가 하고 싶은 거라면 뭐든지 해줄게."

"뭐든지?!"

히마리가 엄청난 기세로 다가오자 사이토는 주춤했다.

"친구로서의 절도는 지키는 선에서……."

"그럼………… 무릎 위에서 안아, 줬으면 좋겠어."

"……무릎 위에서?"

사이토와 키도 별반 다르지 않은, 여자치고는 큰 키에 성숙한 몸매를 지닌 히마리가 설마 하던 아이 같은 소망을 말했다. 잘못 들은 게 아닌 건가.

히마리가 겸연쩍은 듯 검지를 맞댔다.

"그, 저기…… 시세이가 종종 사이토 무릎 위에서 안겨 있는 거, 줄곧 부러웠거든. 사이토와 가장 밀착되는 자세기도 하고, 사랑받는다는 느낌이라 좋아 보여서……."

"그, 그래."

하지만 초등학생만큼 아담한 시세이와 히마리는 상황이 다르지 않을까. 여러 가지 것들이 부딪치거나 튀어나오거나 하지는 않을까.

그런 걱정이 사이토의 얼굴에 드러난 것일까.

"나, 나처럼 큰 여자가 무슨 소리인가 싶었지? 너무 무거워서 사이토가 망가지겠지? 미안, 역시 지금 건 취소!"

히마리가 더는 참지 못한 듯 얼굴을 가렸다.

"아니…… 해도 돼. 적어도 망가지진 않을 테니까."

"괘, 괜찮아? 뭉개지거나 하진 않을까?"

"남자의 근력을 너무 무시하지 마."

사이토는 자존심에 상처를 입었다.

"그럼…… 실례합니다."

일어난 히마리가 바닥에 앉아 있는 사이토의 정면으로 돌아섰다.

짧은 치맛자락으로 인해 허벅지 안쪽이 드러나 사이토는 시선을 돌렸다. 찰나 들여다본 새하얀 허벅지, 더욱이 그 안쪽의 고혹적인 장소가 뇌리에 새겨졌다.

사이토의 무릎 위로 히마리가 마주 보듯이 앉았다. 부드러운 허벅지의 감촉. 히마리의 가슴이 사이토의 머리를 짓누르며 살인적일 정도의 탄력성으로 압박해온다.

히마리가 걱정스럽게 물었다.

"무, 무거워……?"

"무겁진 않은데……."

가슴의 공격력에 질식사할 것 같았다.

최대한 머리를 젖혔음에도 피하지 못하고 결국 강력한 덫 속으로 푹 빠져들었다. 꿀을 졸인 듯 달콤하고 농밀한

향기가 비강으로 스며들어 사이토를 취하게 했다.

히마리가 상기된 목소리로 중얼거렸다.

"이 자세…… 굉장히 야한 느낌이야. 어째서일까……."

"글쎄……."

히마리의 온몸에서 풍겨 나오는 마력에 이성을 빼앗길 것만 같다. 사이토는 눈앞의 몸에서 의식을 외면했지만 오감은 착실하게 갉아 먹히며 그녀의 한숨으로 채워져 갔다.

"역시, 이건 좀……."

사이토가 무릎을 빼려고 하자 히마리가 귓가에 대고 속삭인다.

"다들 보고 있어……. 제대로 해야지."

그녀의 말대로 복도 쪽에 기척이 느껴졌다. 학생들의 목소리도 들린다. 소리를 억제하고는 있지만, 흥분을 참지 못한 목소리다. 구경꾼들이 몰려드는 것이다.

구경거리가 된 것은 불쾌했지만, 소란을 잠재우기 위해서는 그들이 기대하는 광경을 연기해야만 했다.

"제대로, 뭘 해야 하지?"

"응……."

사이토가 작은 소리로 묻자 히마리가 간지러운 듯 몸을 움찔거렸다.

"왜, 왜 그래?"

"사이토의 입김이 닿아서……."

"미, 미안."

"아니…… 기분 좋았으니까, 괜찮아…….."

기분 좋았다니 무슨 뜻일까. 그 의미를 생각하면 질 것만 같아서 사이토는 사고를 정지했다. 그렇지 않아도 매력이 넘치는 히마리와 밀착해 있는 것은 자극이 강했다.

"좀 더 친밀해 보이도록 꽉 조여줬으면 좋겠어."

"이렇게……?"

"아…….."

사이토가 가볍게 껴안자 히마리의 목에서 애틋한 탄식이 새어 나왔다. 팔 안에서 가느다란 몸이 놀라울 정도로 부드럽게 휘었다. 베란다 창문으로 들어오는 햇빛에, 투명할 정도의 금발이 빛의 입자를 담고 있었다.

달콤한 침묵에 사이토는 뇌가 저릿한 감각을 느꼈다. 조금이라도 움직이면 건드리면 안 되는 곳에 부딪힐 것 같아 그는 꼼짝도 하지 못했다.

피가 흐르는 히마리의 숨결, 생명의 약동이 짓눌린 가슴을 통해 전해졌다.

"이제 됐어……?"

"아, 아직 안 돼. 보는 사람이 있어…….."

히마리가 사이토를 품에 안았다.

이미 사이토의 귀엔 구경꾼들의 소리가 들리지 않았지만, 히마리의 위치에서는 그들의 모습이 보일 것이다.

"언제까지 이러고 있어야 해?"

"모르겠어……. 조금만, 조금만 더……."

졸라대는 아이처럼 히마리가 사이토에게 매달렸다.

사이토와 히마리가 3학년 A반 교실로 돌아오자 반 아이들의 호기심이 폭발했다.

"히마리! 어떻게 된 거야?!"

선두에 서서 돌격해 온 것은 약간 화려한 외양의 여자. 히마리 주변에서 종종 대화하는 모습을 보았으니 가까운 관계일 것이다.

"응? 어떻게 된 거냐니, 뭐가?"

눈을 깜빡이는 히마리.

"호조 군 말이야! 빈 교실에서 같이 붙어 있는 걸 봤다는 여자애가 있어! 둘이서 막 껴안고, 엄청 위험한 분위기였다던데!"

"아, 보고 있었구나. 난감하네~, 아하하……."

히마리가 어색한 듯 말을 망설였다.

본인이 의도적으로 보여줬음에도 실로 훌륭한 연기력이다. 직진형인 아카네로서는 백만 번 다시 태어난다 해도 흉내낼 수 없을 것이다.

"점심도 둘이 먹은 것 같고!" "무슨 일이야?!" "이시쿠라?!" "제대로 설명해줘!"

반 아이들이 압박해온다.

복도에서의 비밀 이야기, 학생 식당의 점심, 빈 교실의 밀회로 단계적으로 호기심을 불러일으킨 덕에 참지 못한 호기심이 폭발한 것이리라.

히마리가 사이토 쪽을 힐끔 쳐다보았다.

"사이토…… 어쩌지? 우리 일, 얘기해도 되나?"

그런 당황한 기색 역시 능숙하다. 친밀함이 느껴지는 '우리'라는 단어에 반 아이들의 흥분이 더욱 고조되었다. 이 자리의 공기는 히마리에 의해 완전히 지배되고 있었다. 거의 선동 수준이었다.

"뭐…… 괜찮지 않아?"

사이토는 감탄 반, 경외심 반의 심정으로 고개를 끄덕였다. 이 반에서 적으로 돌리면 가장 위험한 인물은 사실 히마리일지도 모른다.

히마리는 사이토에게 몸을 기댄 채 머뭇거리며 전했다.

"사, 사실…… 사이토랑 나, 사귀고 있어."

"""에에에엑?!"""

반 아이들의 경악 어린 탄성이 교실을 울렸다.

"어째서?!" "호조 군은 아카네랑 동거하고 있었던 거 아냐?!" "사쿠라모리랑은 헤어졌어?!" "설마 양다리?!" "호조…… 죽어라!" "이 녀석은 악마다! 죽여! 지금 당장!" "아무나 호조 엉덩이에 넣을 고추를 가져와!"

여자들의 당황, 남자들의 살의. 혼돈이 넘치는 교실에서 사이토가 사교 의식의 제물이 되기 직전, 히마리가 사이토 앞을 가로막고 폭도들을 저지했다.

"착각하게 해서 미안해. 사이토랑 아카네가 같이 산다는 듯이 말했던 거, 농담이었어."

"농담……?"

고개를 갸우뚱하는 여학생.

"실은 사이토랑 나랑 얼마 전부터 사귀고 있었는데, 사이토가 아카네랑 너무 사이좋게 대화하는 모습에 질투가 났거든. 그래서 농담으로 둘이 같이 사는 거 아니야? 라고 말해버린 거야."

히마리는 가슴팍 위로 두 손을 움켜쥐고 연약하게 어깨를 움츠렸다.

"모두에게 좀 더 빨리 설명했어야 하는데 갑자기 일이 커져서 이러지도 저러지도 못하고 있었어. 사이토는 호조 그룹의 후계자니까 교제를 밝히는 것도 폐가 될 것 같았고. 그러니까…… 미안해, 다들."

깊이 고개를 숙이는 히마리의 모습은 뜻하지 않은 소문에 피해를 받아 고뇌하는 소녀 그 자체였다. 완벽한 역할 몰입에 사이토조차 순간 그랬던 것이 아닐까 하는 착각이 들 정도였다.

진실을 모른 채 히마리의 손바닥 위에서 놀아나는 학생

들이라면 더욱 그럴 것이다.

"히마리가 사과할 일이 아니야!" "우리야말로 미안해!" "드디어 호조랑 맺어졌구나, 다행이야!" "축하해~!" "이시쿠라 울리지 마라, 호조!"

각자에게서 축복의 말들이 쏟아졌고 동거에 관한 소문은 순식간에 불식되어 갔다.

히마리는 촉촉한 눈동자로 사이토를 바라보며 안심한 듯한 미소를 지어 보였다.

"다행이다……. 이제 모두에게 거짓말 안 해도 돼. 이걸로 우리 반 공인 연인이네."

"……어어."

사이토는 속으로 감탄했다.

조리 있는 해명, 표정이나 말투 제어, 반 아이들의 심리 조절, 모든 면에서 히마리의 기술은 초월적이었다. 호조 그룹 홍보부에서도 이렇게까지 사람들을 조작할 수 있는 재능은 찾아볼 수 없으리라.

"얘들아, 앞으로도 응원해줘."

히마리가 못을 박듯 말하며 둘러보자 학생들이 고개를 끄덕였다.

"사이토오~ ♪."

5교시 수업이 끝나고 사이토가 책상에 교과서를 넣고 있는데, 히마리가 뒤에서 껴안았다. 가느다란 팔이 사이토의 가슴팍을 감싸고 부드러운 뺨이 사이토의 목덜미에 닿았다.

"잠깐…… 갑자기 껴안지 마."

"에엥, 왜? 남친이랑 포옹하는 건 여친의 특권이잖아."

"그건 그렇지만 너랑 난……."

진짜 사귀는 게 아니잖아, 라고 말하려는 사이토에게 히마리가 속삭였다.

"……안 돼, 방심하면."

"……윽."

사이토가 주위로 시선을 돌리자 반 아이들이 이쪽의 동태를 살피는 것이 보였다. 히마리를 배려하는 것인지 대놓고 지켜보는 사람은 적었지만 힐끔거리며 사이토와 히마리 쪽을 신경 쓰고 있다.

모처럼 히마리가 소문을 없애줬는데 괜히 실수했다간 모든 게 물거품이 된다. 히마리와 마찬가지로 사이토도 연기의 신이 되어야 했다.

"저기…… 남 앞에서 할 만한 건 아니잖아."

"사귄다고 발표했으니까 괜찮아. 오히려 모두에게 자랑하고 싶은걸?"

"자랑이라니……."

득의양양한 얼굴로 다른 여학생들을 보며 눈을 가늘게

뜨는 히마리. 연기치고는 꽉 감긴 팔에서 그녀의 행동이
진심이라는 것이 느껴졌다.

"히마리는 의외로 독점욕이 강한 타입인가?"

"당연히 있지. 사이토는 아무에게도 주지 않을 거야."

다시 히마리의 팔에 힘이 실렸다. 진심이다.

소녀에게 소유된 감각에 사이토는 심장이 술렁이는 기
분이었다. 줄곧 온화한 모습이 돋보였던 히마리지만, 사랑
에 관해서는 열정적일지도 모른다.

"이동 수업 같이 가자."

"그래."

사이토가 일어나자 히마리가 팔에 매달린다.

"걷기 힘들어."

"괜찮아♪."

"내가 안 괜찮아."

"혹시 가슴이 닿아서 부끄러워?"

놀리듯이 물어온다.

"알고 있으면 누르지 마!"

"이것도 여친의 특권이지."

"여친의 특권은 몇 가지나 있는데."

"108개 정도 되려나?"

"번뇌의 수만큼?!"

실랑이를 벌이면서도 복도를 걷는다. 사이토의 반응을

즐기는 것인지 히마리가 더욱 몸을 밀착했다.

　누가 봐도 평범한 친구 관계를 넘어선 거리감에 복도 학생들의 이목이 쏠린다. 다른 반 여자애들도 흥미로운 표정으로 말을 걸어온다.

　"히마리, 호조 군이랑 사귄다는 게 사실이었구나~!"

　"맞아, 아주 알콩달콩한 사이야~!"

　"그건 보면 알아! 뭐야, 완전 좋겠다~."

　"좋겠지~?"

　연애 이야기에 꺅꺅거리며 달아오르는 소녀들.

　당사자임에도 사이토는 외부인이 된 듯한 기분이 들었다. 데이트 중 여친의 친구와 마주친 남친의 기분이 이런 것일까.

　"히마리랑 호조 군은 어디까지 갔어? 키스는 했어?"

　"으음…… 어땠더라, 사이토……?"

　수줍은 듯 올려다보며 히마리가 물었다.

　넌 알고 있잖아, 라고 말하고 싶은 것을 사이토는 꾹 참았다.

　"아니…… 아직, 인데."

　"아직이구나~. 히마리 가여워~."

　"슬슬 하고 싶다고…… 생각은 하고 있지만. 그렇지, 사이토?"

　"그러게."

국어책 읽듯이 여자들의 수다에 동조하는 사이토. 자신의 안면근육이 죽어버린 것을 느꼈다.

"얼른 해줘, 호조 군!"

"조만간……."

"지금 여기서 해 줘!"

"무슨 수치 플레이야!"

최소한의 면식밖에 없는 여자애의 재촉에 사이토는 괴로운 심정이었다.

연기라고는 하나 남녀교제란 이다지도 힘든 것인가. 연애와 담쌓고 산 사이토로서는 빨리 혼자가 되어 독서에 열중하고 싶은 마음뿐이었다.

겨우겨우 여자들의 수다에서 해방되었을 땐 수업이 시작하기 직전이었다.

사이토와 히마리는 헐레벌떡 복도를 달렸다.

"미안해, 사이토! 길어져 버렸네!"

"달리면서 말하면 혀 깨문다!"

"아, 맞다! 잠깐만!"

히마리가 사이토의 팔을 잡고 멈춰 섰다.

달리던 채로 멈춘 탓에 둘이 같이 앞으로 넘어질 뻔했다.

"서두르지 않으면 늦을 거야."

"그걸 원하는 거야. 조금만 늦게 들어가자."

"왜 굳이……."

"괜찮으니까 날 믿어♪."

히마리는 분명 생각이 있을 것이다. 민심 제어에 관해서는 히마리의 능력은 믿을 수 있다.

사이토와 히마리는 계단참에서 시간을 죽였다.

울려 퍼지는 종소리. 인적이 사라진 창가에서 무료한 모습으로 서성이던 히마리가 긴 머리를 손가락으로 감으며 수줍은 듯 사이토 쪽을 바라본다. 햇빛을 등지고 있어 후광이 비치는 것 같다.

"……있지, 이대로 수업 땡땡이칠까?"

히마리가 간계라도 꾸미듯 목소리를 죽였다.

"너도 수업을 빼먹는 녀석이었구나."

적어도 겉보기엔 불량해 보이지만 성격은 성실하다고 생각했었다.

"평소에는 안 해. 하지만 사이토와 함께라면 그런 것도 즐거울 것 같아서. 하자, 응?"

사이토의 옆에서 히마리는 벽에 몸을 붙이고 있다. 치맛자락이 바람을 품고 흔들렸다.

"땡땡이치고 뭐 할 건데?"

"뭐가 좋을까? 아무 전철이나 올라타서 나를 아는 사람이 아무도 없는 곳으로 갈까? 그래서 다시는 돌아오지 않는 거야."

백일몽처럼 중얼거리는 히마리.

"스트레스라도 쌓였어?"

"그런 거 아냐. 남극 같은 곳도 좋지. 아무도 만나지 않아도 되고. 펭귄도 바다표범도 없는 곳에서, 얼음집 안에 둘이 콕 박혀서 백 년 정도 가만히 있는 거야."

"쌓인 거 맞네. 여러모로."

사이토는 히마리가 걱정되었다. 배려의 달인인 만큼 남모를 마음고생이 많을지도 모른다.

"그럼 거리를 무작정 걷는 건 어때?"

"방과 후에도 할 수 있잖아."

"해줄 거야?"

히마리가 눈을 빛낸다.

"아니……."

"연인이라면 방과 후에도 둘이서 돌아가야지. 모두를 완전히 믿게 하려면 학교 밖에서도 사이좋은 걸 보여줘야 하니까."

"뭐, 그건 그렇지만……."

망설이는 사이토의 손을 두 손으로 감싼 히마리가 열심히 열변을 토한다.

"응? 응? 방과 후 데이트하자. 흉내만 내도 되니까! 다 내가 사고 사이토가 가고 싶은 곳으로 가도 되니까! 짐도 내가 다 들게!"

이렇게까지 열성적으로 졸라오면 단호하게 거절하기도

어려웠다. 과거 히마리와의 데이트를 거절한 죄책감이 아직도 사이토의 가슴을 짓누르고 있었다. 이 이상 그녀에게 상처를 주고 싶지는 않았다. 히마리는 인간으로서 좋아하고 있다.

"……알았어. 흉내만이라면."

"아싸~♪. 사이토 상냥해!"

"잠……."

히마리가 환호하며 달려들자 사이토는 어떻게 반응해야 할지 난감했다. 밀치는 것은 실례이고, 그렇다고 껴안기도 망설여졌다.

"이제 가자. 너무 늦으면 네 내신 점수가 떨어져."

"역시 사이토는 상냥해. 날 걱정해 주는 거야?"

"그야 걱정이지. 내신까지 망치면 방법이 없으니까."

히마리가 입술을 삐죽였다.

"아! 내신까지라니, 그게 무슨 뜻이야?"

"말 그대로의 뜻이야."

"하지만 사이토가 내 성적 열 배로 만들어 줄 테니까 괜찮겠지? 기대하고 있을게, 스승님!"

"내가 언제 네 스승이 됐지?"

계단을 내려가는 두 사람의 발소리가 고요한 교사에 울려 퍼졌다. 히마리는 무척이나 기분이 좋은지 발걸음도 가벼웠다.

사이토와 히마리가 함께 화학 교실에 들어서자 학생들이 크게 술렁였다.

"둘이서 지각이라니 뭐야~!" "지금까지 둘이서 뭐 했어?!" "안 물어봐도 뻔하지." "젠장, 호조 자식……." "완전 뜨겁네~."

쏟아지는 흥분의 시선, 새된 함성.

"너희들, 수업 중이다. 조용히 좀 해."

교사의 주의에도 아이들의 소란은 가라앉지 않았다.

──과연. 히마리는 이걸 노린 건가.

겨우 5분. 교실에 도착하는 타이밍을 늦춘 것뿐인데 두 사람이 확실하게 사귀고 있다는 인상을 강하게 심어주었다. 굉장한 수완이다.

사이토는 교사에게 지각한 것을 사과하고 자리에 앉았다.

교과서를 펼치려고 하는데 오싹한 한기가 느껴졌다.

획 시선을 돌리자 아카네가 사이토를 노려보고 있다. 활활 타오르는 살기가 그대로 압박감이 되어 사이토에게 밀려왔다. 아카네의 손안에서 펜이 빠지직 꺾여 있었다.

집에 가면 죽을지도 모른다고 생각하며 사이토는 각오를 다졌다.

수업 시작종이 울리기 전부터 아카네는 사이토와 히마리가 없다는 것을 알았다.

뭘 하고 있을까, 묵묵히 그들을 기다리면서 스마트폰으로 히마리에게 메시지를 보내기도 했다.

하지만 답장이 없다. 읽지도 않는다.

사이토와 함께 교실로 들어선 히마리는 낯선 사람처럼 발그레 볼을 붉히고 있었다.

단짝인 아카네도 모르는 얼굴. 요염하게 헝클어진 머리. 사이토에게 애교 가득한 시선을 보내면서 사이좋게 팔짱을 끼고 있다.

──정말…… 뭐 하는 거야…….

두 사람이 손이 닿지 않는 먼 곳으로 가버린 것 같은 기분이 들어 아카네는 겁이 났다. 이대로라면 의자에서 떨어질 것 같아 책상 끝을 붙잡았다.

왜 이렇게 가슴이 술렁거리는지 모르겠다. 사이토와 히마리는 연인 연기를 하고 있을 뿐이라는 걸 아는데도.

수업 중 두 사람이 여러 번 눈을 마주치고는 미소 짓는 모습을 보면 심장을 작은 바늘로 찌르는 느낌이었다. 수업이 끝나고 히마리가 사이토의 넥타이를 고쳐주고 있으면 달려가서 두 사람을 떼어내고 싶었다.

하지만 그럴 수 없다.

그런 짓을 하면 또 반 아이들에게 사이토와 아카네의 관계를 의심받는다. 모처럼 히마리가 애써주고 있는데 그 노력이 허사가 된다.

아카네는 사이토에게 다가갈 수 없다. 입학 초부터 매일의 일과였던 시비조차 걸 수 없었다.

히마리에게 몰려드는 학생이 끊긴 틈을 타 아카네는 단짝에게로 다가갔다.

"저…… 히마리? 좀 지나친 건 아닐까?"

"지나치다니, 뭐가?"

히마리가 고개를 갸우뚱한다.

구체적으로 설명하자니 민망해진 아카네가 웅얼거린다.

"사, 사이토 말이야. 그렇게까지 하진 않아도 되잖아? 뭔가…… 바보 커플 같은 느낌이고."

"바보 커플처럼 보여?"

히마리가 목청을 높였다.

"왜 기뻐하는 거야!"

"그야 사이토랑 바보 커플이 될 수 있다니 꿈만 같잖아! 와~ 그렇구나~ ♪. 바보 커플이구나~, 에헤헤~ ♪."

행복하다는 듯 웃는 히마리.

단짝 친구가 기뻐하면 아카네도 기뻐…… 야 하는데. 순순히 기뻐할 수가 없었다. 아카네는 가슴 앞에 든 교과서를 꼭 껴안았다.

"어쨌든 지나치게 붙어 있는 건 좀 그런 것 같아."

"지나친 정도가 딱 좋아. 그러는 편이 동거 소문을 확실하게 없앨 수 있으니까. 어정쩡한 건 좋지 않지."

"하지만, 하지만……."

히마리의 정론은 너무나도 당연해서 돌려줄 말을 찾지 못했다.

애초에 왜 자신은 히마리에게 제동을 걸려 하는 것인가. 연인 행세 작전이 잘 진행되는 것은 좋은 일인데.

아카네가 혼란을 느끼는 사이 히마리는 다시 학생들에게 둘러싸여 버렸다. 이렇게 되면 제대로 대화하기도 어렵다.

아카네는 조용히 히마리에게서 멀어졌다.

방과 후가 되자 히마리와 사이토는 교실을 나갔다. 팔 짱 낀 두 사람에게선 완전히 연인다운 분위기가 흐르고 있었다.

──데이트라도 하는 건가…….

남겨진 아카네는 해소되지 않은 찜찜함을 안고 귀가를 준비했다.

요즘 나는 사이토랑 장보기도 함께 가지 못했는데, 왜 히마리만.

──아니, 사이토랑 나가고 싶은 건 아니지만! 전혀 아니지만!

아카네가 머리를 붕붕 흔들며 부정하는데 교실로 마호가 뛰어 들어왔다.

"언니이~! 귀여운 여동생이 데리러 왔어! 같이 가자!"

"그래. 돌아가자."

아카네는 여전히 기운 넘치는 마호의 모습에 치유되는 것을 느꼈다. 익숙한 여동생과 함께한다는 안도감. 같은 가족이라도 사이토보다 마호가 백배는 좋다.

아카네와 마호는 손을 잡고 학교 현관을 나섰다.

"아까 복도에서 오빠랑 히마링을 봤는데 진짜 분위기 좋더라~. 완전히 연인이라는 느낌?"

"연인인 척! 연인은 아니야!"

아카네가 발을 탕 구른다.

"엥, 그런가? 히마링은 원래 오빠를 좋아했으니까 척이라고만 볼 수는 없지 않아? 오빠도 싫지는 않은 기색이던데?"

"척이야! 저건 척이라고! 연기!"

"왜 화를 내?"

"화낸 적 없어!"

내고 있다. 자신도 알고 있다. 여동생 앞에서 이런 모습을 보이다니 꼴사나웠다. 하지만 멈출 수가 없다. 감정 조절이 되지 않았다.

어릴 때부터 감정이 폭주하는 버릇은 있었지만, 사이토와 엮이면 더욱 악화되었다. 사이토와 관련되면 화가 나는 것을 참을 수가 없었고, 상냥하게 대해주면 기뻐서 참을 수 없었다. 오늘은 오늘대로 혼란에 휩싸인 채였다.

분명 자신이 사이토와 사이가 좋지 않아서 그렇다. 그래서 이렇게나 그 남자 때문에 감정이 휘둘리는 것이다.

"……언니, 스트레스 좀 푸는 게 좋지 않을까?"

마호가 걱정스러운 얼굴로 들여다보았지만, 아카네는 마음을 다잡았다.

"괜찮아, 안 그래도."

"에이, 그러는 게 좋을 것 같아. 그냥 놔두면 아무나 붙잡고 때릴 것 같단 말이야."

"난 그런 무법자가 아냐!"

"안심해! 사랑하는 언니를 위해서라면 증거 인멸에도 힘쓸 테니까!"

"증거 인멸이 필요한 일은 안 할 거야!"

여동생의 인식이 속상했다.

"오락실 가자! 총으로 좀비를 쏘면 후련해질 거야!"

"좀비는 싫어!"

"좋아~! 언니랑 데이트다~ ♪."

단호하게 거절하는 아카네를 마호가 반강제로 끌고 갔다.

그로테스크한 게임은 싫지만, 집에 혼자 있어도 기분이 우울해질 뿐이다. 그렇게 생각한 아카네는 마호와 함께 가기로 했다.

통학로에서 조금 벗어난 곳에 있는 상가는 오늘도 학생들로 붐볐다.

반 아이들에게 보이면 곤란했기에 사이토와 둘이서 온 적은 없다. 히마리와 가는 길에 들른 적은 가끔 있지만, 그것도 최근에는 줄어들었다. 아카네는 집안일에 쫓기고 있었고 히마리는 아르바이트가 있어 일정이 좀처럼 맞지 않았기 때문이다.

아카네와 손을 잡고 큰길을 걷던 마호가 입을 열었다.

"그러고 보니 말이야. 언니 예전에 어디 파티에 갔던 적 있지?"

"파티……?"

"그 왜, 언니가 초등학교 졸업한 직후에. 그때 분명 할머니가 언니를 데리고 갔었지? 나도 가고 싶었는데 몸이 안 좋아서 못 갔잖아. 할머니 지인의…… 별장에서 했던 파티였나?"

"……!"

아카네의 몸이 굳었다. 애초에 파티는 거의 가본 적이 없지만, 별장의 파티라면 기억나는 것은 하나뿐이다.

마치 왕족의 궁전이라고 착각할 법한 호조 그룹의 호화로운 별장. 화려한 의상을 입은 손님들과 본 적도 없는 진수성찬. 제왕 텐류의 비호를 받으며 마치 왕자처럼 그곳에 있는 모두의 주목을 받고 있던 것은 후계자인 사이토였다.

"그 파티에서 돌아왔을 때 언니 엄청 들떠 있었지?"

"들떠…… 있었나."

"응. 한동안 실실 웃기도 하고, 멍하니 있기도 하고, 안절부절못하기도 하고. 평소랑은 전혀 달랐어. 그때 왜 그랬어?"

"그건……."

당시의 일을 떠올리려던 아카네는 몸이 뜨거워지는 것을 느꼈다.

되살아나는 감정은 타는 듯한 부끄러움, 그리고 억울함. 열어서는 안 되는 기억의 문이 열리는 것을 느낀 아카네는 서둘러 문을 닫았다.

"아무것도 아니야!"

"어, 아무것도 아닌 게 아니잖아? 솔직히 언니가 오빠랑 처음 만난 것도 고등학교가 아니라 그 파티 때 아냐?"

마호가 탐색하듯 아카네의 눈을 들여다본다.

"몰라! 떠올리고 싶지 않아!"

"떠올리기 싫다니, 무슨 일 있었어?"

"아무 일도 없었어! 적어도 그 파티에선!"

"그 후에 오빠랑 뭔 일 있었어?"

아카네는 팔짱을 끼고 고개를 돌렸다.

"없다면 없는 거야! 이 이야긴 이제 끝! 자꾸 끈질기게 굴면 돌아가서 죽 먹인다?!"

"죽으로 협박하는 건 너무한 거 아냐?!"

"건강을 위해 염분도 줄이고 물과 쌀로만 만든 순수한

죽이야!"

"하지 마! 소스 듬뿍 들어간 햄버그 같은 걸로 해줘!"

마호가 울먹였다. 좀 가엾다는 생각도 들었지만 가차 없는 여동생의 추궁을 피할 방법이 달리 떠오르지 않았다.

마호가 고개를 푹 떨궜다.

"알았어, 말 안 해도 돼. 내 머릿속에서 파티 후에 언니랑 오빠랑 엄청 달달하고 장대한 연애를 하다 헤어진 걸로 해둘 테니까."

"정말 아무 일도 없었어…….."

아카네가 입술을 깨문다.

그 파티에서 만난 후 고등학교 입시장에서 재회하기 전까지 사이토와는 한 번도 만나지 못했다.

──그래서 나는 그 녀석에게…….

또다시 입학 초의 억울한 마음이 복받쳐 올라 아카네는 두 손으로 뺨을 때리듯 짝 내리쳤다.

어쩐지 요즘은 상태가 이상하다. 오늘도 찜찜했지만 아마 그 전부터. 병원에서 사이토가 마호에게 말하는 것을 들었던 그때부터 특히 심해졌다.

아카네는 마호와 함께 오락실로 들어섰다.

평소에는 히마리와 뽑기 게임을 하거나 스티커 사진을 찍거나 북을 치는 정도인데, 마호는 제대로 된 게임기가 있는 곳까지 척척 걸어 나갔다.

"이 건슈팅 게임 하자, 언니!"

마호가 멈춰 선 곳은 '건 배틀 크라이시스'라고 적힌 게임 앞이었다.

대형 화면에 액션 영화 같은 영상이 흐르고 있고 페달이 달린 기계에 총이 두 자루 들어 있다.

"좀비는 싫다고 했잖아!"

아카네가 눈을 가렸다.

"이건 좀비 안 나와! 적은 인간 병사나 로봇뿐이야!"

"저, 정말……?"

"그렇다니까! 무서워할 필요 없어!"

"무무무무서워한 적 없어!"

조심스레 눈을 떼고 게임기를 확인했다.

게임기에 그려진 일러스트 중에 좀비의 모습은 없었다. 화면에 흐르는 영상에도 등장하지 않았다. 스마트폰으로 게임을 검색해 보았지만 공식 사이트에도 좀비는 없었다.

마호가 질린 얼굴로 물었다.

"경계심이 지나친 거 아냐?"

"호, 혹시 모르니까 알아본 것뿐이야!"

아카네는 스마트폰을 책가방에 집어넣었다.

이 여동생, 근본은 다정한 아이라 결코 악의는 없지만, 언니에게 일부러 무서운 것을 보여주는 장난을 칠 때가 있었다. 방심할 수 없다.

아카네는 2명분의 요금을 게임기에 넣고 총을 쥐었다. 모조품임에도 공격적인 형태와 질감이 지금 아카네의 기분과 딱 맞아떨어졌다.

마호가 조작법을 알려줬다.

"자주 쓰는 손으로 총을 잡고 여기에 손가락을 걸어. 무기를 변경할 땐 이 버튼, 리로드는 이쪽."

"……이거 실탄은 나올까?"

"나오면 유탄으로 다 죽어!"

"그렇구나……. 만약 실탄이라면 사이토를 데려왔을 텐데……."

"실탄으로 오빠를 어쩌려고?! 싸우기라도 했어?!"

"싸운 건 아니지만…… 사이토를 쏘고 싶은 마음이 참을 수 없이 넘쳐흘러."

"무서워! 언니 속마음 무서워!"

이야기하는 도중 무비가 끝나고 게임이 시작됐다. 제대로 보지 않아 스토리는 전혀 모르지만 어쨌든 적을 섬멸하면 되겠지.

적병이 튀어나오며 아카네와 마호에게 총을 겨눴다.

총격음이 울릴 때마다 화면에 탄흔이 새겨지며 붉은 균열이 갔다. 되받아치려고 하면 적병은 그늘에 숨었다가 아카네의 총알이 다한 타이밍에 다시 쏴온다.

"아아, 정말! 탕탕 시끄럽네! 조용히 좀 해!"

신경을 거슬리게 하는 적병이 사이토로 보이기 시작했다.

아카네는 가득 쌓인 스트레스를 총알에 담아 적을 마구 쏘아댔다. 사이토가 도망친다고 생각하니 어째선지 바로 겨냥할 수가 있었다. 줄줄이 머리가 날아가는 적병.

웨폰이라고 적힌 상자를 주우면 총알의 파괴력이 커진다. 아카네는 비명이 난무하는 전쟁터를 달려 나가며 폭풍 같은 연사로 적을 날려 보냈다.

정신을 차렸을 땐 화면에 '스테이지 클리어! 하이 스코어!'라는 글자가 반짝이고 있었다. 터져 나오는 함성. 어느새 주변에 구경꾼들이 몰려들어 있었다.

마호가 눈을 빛내며 방방 뛰었다.

"굉장해, 짱이다! 언니 하이 스코어야! 전국 3위! 사실 이 게임 엄청 연습한 거 아냐?!"

"오늘이 처음이야."

"근데 왜 이렇게 잘해?!"

"적이 사이토라고 생각하니까 멋대로 몸이 움직였어…….빨리 죽여야 한다면서…….."

"오빠를 너무 미워하는 거 아냐?!"

"총을 쉽게 살 수 없는 나라여서 다행이야."

"샀다면 오빤 이미 100번은 죽었을 거야!"

관객이 늘어나자 아카네는 빠르게 게임을 끝내고 자리를 벗어났다.

마호는 언니와 둘이서 전국 제패를 하겠다는 둥 잔뜩 흥이 올랐지만, 아카네는 쓸데없는 소란을 피우고 싶지 않았다. 안 그래도 학교에서 원치 않게 소동의 중심이 되어 지쳐버린 탓이다.

"있지, 다음엔 이거 할래? 아니, 하자!"

마호가 아카네의 팔에 매달리며 가리킨 것은 펀칭 머신이었다. 상자 모양의 기계에 빨간 샌드백이 솟아 있고 근처엔 글러브가 달려 있었다.

"마호…… 나를 암살자로 생각하는 거야? 게임이라면 몰라도 이런 걸 할 수 있을 리가 없잖아."

"언니라면 할 수 있어! 샌드백을 오빠라고 생각해 봐!"

"사이토가…… 샌드백……?"

그 말을 듣자 갑자기 의욕이 샘솟았다.

아카네는 글러브를 끼고는 샌드백을 노려보았다. 기계에서 샌드백이 아닌 사이토의 목이 튀어나온 것처럼 느껴졌다. 게다가 얄미운 얼굴로 아카네를 보며 웃고 있다. "큭큭큭, 넌 날 평생 이길 수 없어"라는 둥 헛소리를 하고 있다.

"두고 봐……. 그 건방진 면상, 지금 당장 때려눕혀 줄 테니까……."

"얼굴?! 어디 얼굴이 있어?! 내 얼굴은 아니지?!"

걱정하는 마호.

아카네는 숨을 깊이 들이마시더니 팔을 당기며 온 힘을

다해 주먹을 내려쳤다.

퍼억! 시원스러운 파열음과 함께 노래가 울려 퍼졌고, 펀칭 머신 화면에는 '하이 스코어!'라고 표시되었다.

마호가 환호하며 아카네에게 달려들었다.

"언니 굉장해~! 가게 2위야~!"

"이거라면 사이토의 머리도 파괴할 수 있겠어……."

"오빠는 전혀 무사하지 않겠지만! 그래도 굉장하다! 분노의 파워! 가게 1위도 노릴 수 있겠다!"

"그렇지……. 사이토를 쓰러뜨리기 위해서는 최강의 힘이 필요할 테니까……."

아카네는 무겁게 고개를 끄덕였다.

상가를 걷던 사이토는 시야에 들어온 오락실 내부 모습을 보며 오한을 느꼈다.

평범한 오락실이라면 아무 문제가 없다. 하지만 그곳에는 아카네가 도깨비 같은 형상으로 펀치 머신을 때리고 있었다……. 아니, 도축하고 있었다.

함성으로 달아오르는 관중들, 폴짝대는 마호. 그리고 아카네의 입에서 "사이토 이 바보!"라고 외치는 것을 사이토는 보았다.

마치 샌드백이 아니라 자신이 맞고 있는 듯한 착각이 일었다. 분명 아카네도 샌드백이 아닌 사이토를 상대하고 있

으리라.

"왜 그래, 사이토?"

함께 걷던 히마리가 몸을 기울여 사이토의 얼굴을 들여다본다.

"자, 잠깐 저쪽으로 갈까?"

사이토는 히마리의 손을 잡고 신속하게 오락실 근처를 벗어났다.

"사, 사이토가 먼저 손잡아 준 건…… 처음이네…….."

볼을 붉히는 히마리.

무척 사랑스러웠으나 이것은 그렇게 로맨틱한 행위가 아니었다. 다가오는 위협으로부터의 피난 행위였다. 지금의 아카네에게 히마리와 상가에서 데이트하는 모습을 보인다면…… 어디까지나 척이라고 해도 두개골이 분쇄될 것을 직감했다. 그만큼 아카네의 공격력은 두려웠다.

상가에는 사이토와 똑같은 교복이 눈에 띄었다. 하교 중 친구나 커플끼리 들리기엔 안성맞춤인 곳이다.

히마리의 말대로 이곳에서 데이트하는 모습을 보인다면 두 사람이 사귄다는 소문은 더 힘을 얻게 될 것이다.

"데이트는 뭘 해야 하지?"

"그런 걸 여자애한테 물어보는 거야?"

"나는 그런 정보에 어둡거든. 히마리가 더 경험도 많고 잘 알 것 같아서."

"경험 안 많아! 남자애랑 데이트하는 것도…… 오늘이 처음이고……."

약간 심통이 난 얼굴로 히마리가 입술을 삐죽 내밀었다.

화려한 외양과는 달리 속은 역시 전혀 다르다. 만약 히마리가 검은 머리에 교복을 단정하게 입었다면 사이토는 그를 갸루라고 생각하지 않았을 것이다.

"미안해. 첫 데이트가 이런 어설픈 위장 데이트라."

히마리가 황급히 손을 저었다.

"아, 아냐! 그건 정말 괜찮아! 내가 좋아하는 사이토랑 같이 돌아가는 것만으로도 매우 기쁘니까!"

애처로운 그녀의 반응에 더욱 미안해졌다. 위장 데이트라고는 해도 제대로 즐겁게 해줘야지. 그것이 그녀에 대한 성의이자 사이토가 할 수 있는 최소한의 보답이었다.

"히마리는 어디 가고 싶어?"

"나는 사이토랑 함께라면 어디든 좋아."

"네가 원하는 걸 듣고 싶어."

히마리는 입가에 검지를 얹더니 고민했다.

"음…… 그럼…… 호텔?"

"첫 데이트에서?!"

"아하하, 좀 성급하지? 하지만 난…… 그래도 괜찮은데?"

열기가 깃든 눈동자로 가만히 사이토의 얼굴을 바라봤다. 반응을 시험하는 걸까, 진심으로 말하는 걸까. 히마리의 몸이, 그 가느다란 허리가 사이토에게 닿았다.

사이토는 목 깊숙한 곳에서 침이 고이는 것을 느꼈다. 침을 삼키는 것도 긴장될 정도로 고동이 빨랐다.

"……그렇게 적당히 할 수는 없어."

"왜? 사이토의 명령이라면 뭐든지 들어줄 만큼 반한 여자가 여기 있는데? 그걸 이용해서 그대로 해버려도 괜찮잖아."

"난 너한테 상처 주고 싶지 않아. 만약 그런 일을 한다고 해도 그건 제대로 사귄 다음이야."

"사이토……."

히마리가 눈을 깜빡이더니 작게 미소 지으며 어깨를 들썩였다.

"바보구나, 사이토는. 좀 더 이기적으로 굴면 내가 싫어하게 됐을 텐데. 이렇게 소중하게 대해주면 더 좋아지잖아."

"미안해."

"사과하지 마. 난 기뻤으니까."

히마리가 사이토에게 팔을 감아왔다.

"사이토가 좋아하는 곳으로 데려가 줘. 너에 대해 더 알고 싶어."

"알았어."

그녀가 원한다면 사이토는 성심성의껏 그에 응할 뿐이었다.

늘 학교에서 돌아가는 길에 신간을 사는 뒷골목 서점으로 히마리를 안내했다.

아담한 개인 서점. 요즘에는 드물게 가게 앞에는 만화 잡지가 수북이 쌓여 있고 어린이 동화책이 회전 선반에 진열되어 있다. 손으로 쓴 홍보지가 유리벽에 촘촘하게 붙어 있어 정겨움이 넘쳐났다.

점포의 면적은 넓지 않지만, 책을 고르는 센스가 좋은 것인지 묘하게 사이토의 취향에 맞는 책이 많았다. 희미하게 풍기는 잉크 향, 노점 주인의 무뚝뚝한 인사 등 전체적으로 뿜어져 나오는 조용한 분위기도 좋았다.

히마리가 가게 안을 둘러보며 심호흡했다.

"어쩐지…… 좋은 분위기의 가게네."

"오, 알아보겠어?"

"응, 수수하지만 그 부분이 좋달까. 밖과는 다른 세계 같은 느낌이 들어."

사이토가 크게 고개를 끄덕였다.

"맞아. 이 정도로 눈에 띄지 않으니 이상한 손님이 올 일도 없고. 봉인된 고대의 서고를 헤매는 듯한 기분이 들어. 시끄럽게 구는 사람도 없어서 차분히 책을 고를 수 있지. 인터넷으로 정보를 모으는 것도 편리하긴 하지만 손에 책을 들고 활자를 쫓는 감촉도 중요하니까. 시각뿐 아니라 촉각이나 후각이나 청각, 오감으로 책을 맛보는 것도 독서의 묘미거든."

히마리가 키득키득 웃는다.

"사이토가 이렇게 열정적으로 말하는 걸 보는 건 처음인 것 같아."

"딱히 그럴 생각은 없었는데……."

사이토는 민망해졌다. 다른 사람에게는 전해지지 않는 다고 생각하고 포기했던 것을 이해받은 덕에 흥분한 것 이다.

"평소의 쿨한 사이토도 멋지지만, 열정적인 모습도 멋있 어. 사이토의 여러 부분을 나한테 알려줬으면 좋겠어."

"……그래."

무시 받은 것도 아닌데, 그것이 묘하게 더 어색했다. 모 든 것을 놓치지 않기 위해 빤히 바라보는 히마리의 눈동자 를 직시하기 어려웠다.

"사이토는 어떤 책을 좋아해?"

"장르는 안 따져. 선반의 끝부터 차례로 샀던 적도 있어."

"끝부터 차례로?! 굉장하다!"

"효율도 나쁘고 돈도 부족해서 그만두긴 했지만."

사이토는 호조 그룹의 후계자지만 그의 부모는 일반적 인 서민이었다. 방임주의인 부모에게 받은 식비를 줄이더 라도 마음껏 책을 살 수는 없었다.

"나 사이토가 좋아하는 책 읽고 싶어. 뭐 없을까?"

"음, 책을 읽으면 머리가 터지는 애한테 추천할 만한 건 없는데……."

"안 터지거든?! 사이토가 추천해준다면 뭐든 읽을 거야!"

"그렇다면 내가 한 권 정도 사줄게. 이번 일의 답례로."

히마리가 눈을 휘둥그레 떴다.

"진짜?! 그럼 무조건 읽을래! 외울 정도로 수십 번 읽을래! 신난다! 사이토가 주는 선물이라니!"

환호하는 히마리를 데리고 사이토는 가게 안을 걸었다.

모처럼 히마리가 의욕을 보였으니 최대한 그녀에게 도움이 될 만한 책을 고르고 싶었다. 장래를 위해 지력을 늘릴 수 있는 것이 좋겠지.

그렇게 생각한 사이토는 책장에서 육법전서를 빼냈다.

"어? 뭐, 뭐야 그게…… 벽돌?"

두툼한 책의 두께에 히마리가 겁을 먹었다.

"일본 법률이 담긴 전집이야. 일단 헌법, 민법, 형법, 상법을 암기해 두면 좋아. 도움이 될 거야."

"난 변호사가 될 것도 아닌데?"

"변호사가 아니더라도 법률 지식은 필요해. 사회의 시스템은 아는 자가 승자니까. 아무것도 모르면 순식간에 감옥행이야."

"사회가 그렇게 무서운 장소였어?! 그럼 난 평생 졸업 안 해!"

"지금도 졸업할 수 있을지 어떨지 아슬아슬하긴 하지만."

"앗, 너무해! 출석 일수만 따지자면 완벽한데!"

열변을 토하는 히마리와 함께 사이토는 육법전서를 들고 계산대로 향했다. 이 사이즈의 책은 꽤 타격이 큰 지출이지만 그녀에게 진 빚을 갚기 위해서라면 어쩔 수 없다.

"잠깐, 잠깐! 역시 보답은 다른 게 좋겠어!"

"육법전서…… 싫어? 난 꽤 좋아하는데……."

사이토는 슬픈 기분이 들었다.

"싫어하는지 어떤지조차 모르겠지만! 역시 암기 못 할 것 같아. 도중에 포기하면 사이토에게도 미안하잖아!"

히마리는 공포에 떨고 있다.

거부 반응을 보이는 상대에게 억지를 부릴 수도 없다. 지식은 본인이 받아들일 준비가 되지 않은 이상 흡수할 수 없었다.

"알았어. 갖고 싶은 건 다시 생각해 봐."

"물건이 아니어도 괜찮아? 예를 들어…… 사이토에게 팔굽혀펴기 5,000번을 시킨다거나, 구멍을 팠다가 다시 묻는 걸 매일 해달라는 것도 괜찮아?"

"내 육체와 정신을 망가뜨리고 싶은 건가."

그렇게밖에 생각할 수 없는 내용이다.

"어디까지나 예를 들어서! 어느 정도의 일까지 되는지 알아두고 싶어!"

"뭐…… 대부분의 일이라면 할 수 있을 거야."

히마리는 상냥한 아이니까 터무니없는 요구를 하지는 않을 것이다. 틈만 나면 사이토의 지구 추방을 노리는 아카네나 정조를 빼앗으려는 마호와는 안정감부터가 달랐다.

사이토와 히마리는 가게 안을 한가로이 둘러보다가 서점을 빠져나왔다. 사이토가 늘 읽는 작가의 신작이 나와서 간 김에 사두었다.

상가 대로를 걷다 보니 앞쪽에서 달콤한 냄새가 풍겨왔다. 파스텔 색상의 지붕으로 덮인 크레이프 가게에는 학생들이 줄지어 서 있다.

"사이토, 크레이프 좋아해?"

"크림이 너무 많아서 다는 못 먹어. 달지 않으면 가끔 시세랑 먹기도 하지만."

"나는 달지 않은 건 먹어본 적 없어. 하나씩 사서 같이 먹어보자."

"그런 연인 같은……."

"지금의 우린 연인이잖아?"

귀엽게 윙크하면서 그런 말을 들으면 반박할 수가 없다.

두 사람은 학생들 틈에 섞여 줄을 서 있다가 계산대에서 크레이프를 주문했다.

사이토는 참치와 치즈가 들어간 식사 계열 크레이프. 히마리는 바나나 초코 커스터드 메론 바닐라 트리플 아이스라는, 주문 같은 이름의 크레이프였다.

나온 크레이프는 이름 그대로 화려했다. 무너지지 않는 것이 이상할 정도로 위태로운 균형을 이루고 있었다. 흔들리는 것처럼 보이기도 해서 사이토는 걱정이 들었다.

히마리가 자신의 크레이프를 베어 먹었다.

"음, 맛있어! 역시 여기 크레이프는 맛있어."

"가게마다 차이가 있어?"

"당연히 있지. 사이토도 먹어봐."

"읍."

갑자기 입가로 다가온 크레이프를 사이토는 반사적으로 먹고 말았다.

──달다.

지금까지 먹어 본 어떤 디저트보다도. 혀가 저릿할 정도로 달아서, 그 단맛이 서서히 몸속에 녹아들며 현기증마저 느껴졌다.

"사이토랑 간접 키스했다~♪."

"한 건 내 쪽인 것 같은데……."

목 언저리가 타는 듯이 뜨거웠다.

지금 건 피할 수 없었으니 불가항력……이긴 한데 왜 나는 하필이면 히마리가 입을 댔던 곳을 먹어버린 것일까. 마치 히마리의 입술을 직접 핥고 만 것 같은 수치심에 괴로운 심정이었다.

히마리는 생글거리며 크레이프를 덥석덥석 먹어나간다.

"나 이런 거 로망이었거든."

"이런 거?"

"근사한 남친이랑 방과 후에 데이트하고, 같이 쇼핑하고, 맛있는 것도 먹으면서 같이 노는 거. 초등학생 때부터 줄곧 로망이었어."

"상당히 조숙했네."

"그렇지 않아. 보통이야!"

"난 그런 건 생각한 적도 없었어."

초등학생 때만 아니라 고등학생 때도 자신의 상상 범위 밖이었다.

사이토에게 있어 흥미의 대상은 항상 책 속에 있었고, 자극적인 정보를 주지 않는 인간과의 관계는 성가실 뿐이었다. 그런 자신이 히마리 같은 인기인과 위장 데이트를 하는 것이 믿기지 않았다.

"……문득 든 의문인데, 이거 데이트인 척하는 거 맞지?"

"응? 맞아."

"하는 건 거의 데이트랑 다를 바 없는 것 같은데……. 진짜 데이트와 척은 뭐가 다른 거지?"

"앗……."

움찔 몸을 떠는 히마리.

"뭐야. 그 '들켰다!' 같은 얼굴은."

"아직 안 들켰어!"

"대체 뭐를!"

히마리가 당황하며 소리쳤다.

"그, 그러니까 말이지! 전혀 아니야! 진짜 데이트였다면 지금쯤 사이토는 죽었을 거야!"

"데이트는 목숨을 걸어야 하는구나."

사이토는 더 평화로운 활동이라고 오해하고 있었다. 하지만 연애 지식이라면 히마리가 더 잘 알 것이다.

"진짜 데이트라면 키스도 해야 해! 위장이니까 간접 키스 정도에서 끝나는 거지! 그런 상황에서 사이토가 살아남을 수 있을까?!"

"살아남지 못하겠네……."

말의 뜻은 알 수 없었으나 전하고자 하는 바는 이해했다. 위장 데이트이기에 히마리도 조절하고 있는 것 같았다.

"자, 사이토의 크레이프도 줘!"

화제를 돌리려는 듯 히마리가 몸을 내밀었다.

사이토의 크레이프를 먹은 직후.

"……읍?! 매매매, 매워……?!"

히마리의 얼굴이 붉게 물든다.

"그렇게 맵진 않잖아? 지옥의 극강 매운맛 폭염 절규 칠리 페퍼 참치 치즈 크레이프야."

"이름부터 너무 매워!"

"이래 봬도 노멀 타입이야. 숨겨진 메뉴에는 매운맛 5,000배 타입도 있어."

"왜 크레이프 집에 숨겨진 매운맛 메뉴가 있는 건데?! 물, 무울!"

달려가는 히마리.

자판기를 찾았지만 이럴 땐 꼭 찾기가 어렵다. 히마리는 입술을 깨물고 몸을 떨었다. 이성의 한계에 다다른 것 같았다.

"이쪽!"

사이토는 근처에 공원이 있다는 것을 떠올리고 달렸다.

음수대로 달려간 히마리가 몸을 내밀어 수도꼭지를 열었다. 힘차게 뿜어나온 물이 얼굴에 맞으며 물보라를 일으켰다. 젖는 걸 신경 쓸 여유도 없는지 히마리는 정신없이 물을 마셨다.

잠시 후 정신을 좀 차린 것인지 그녀가 벤치에 주저앉았다.

"하아, 엄청 매웠어……. 혀가 사라지는 줄 알았어……."

"이 정도로 과장은. 그 정도로 약한 소리를 하면 앞으로 싸워나갈 수 없어."

"뭐랑 싸우는데?! 나는 푸드 파이터가 되고 싶은 것도 아닌데?!"

"무심코 매운 컵 야키소바만 50개 정도를 사 버려서 집에 그것밖에 없을 때 곤란할 거라고 말하는 거야."

사이토는 실제 경험을 바탕으로 말했다.

"그렇구나……?"

고개를 갸우뚱하는 히마리는 머리도 교복도 흠뻑 젖어 있었다.

풍만한 가슴에 블라우스 천이 달라붙어 속옷과 살갗이 비쳤다. 치마까지 젖어서 허벅지를 타고 흐르는 물방울이 윤기 섞인 반짝임을 띠었다.

"오늘은 그만 돌아가는 게 좋겠어. 감기 걸리겠다."

"괜찮아! 아직 더 놀 수 있어!"

"무리하지 마."

"무리하는 거 아냐! 모처럼 사이토랑 데이트하게 됐는데 돌아가기 싫어!"

히마리가 어린아이처럼 고집을 부리는 모습을 사이토는 처음 본 것 같았다. 그녀는 언제나 어른의 여유로움이 넘쳐났고 자신의 바람을 있는 그대로 드러내지 않았다.

"입어."

사이토는 교복 상의를 벗어 히마리의 어깨에 걸쳐주었다.

"어……."

"그런 차림으로는 걷기 힘들잖아. 집까지 바래다줄 테니까 돌아가자."

"으응……."

뺨을 붉힌 히마리는 사이토의 윗도리를 감싸 안으며 몸

을 움츠렸다.

히마리의 집은 7층짜리 맨션의 3층이었다.

관리인이 없는 관리인실 앞을 지나 작은 엘리베이터에
올랐다. 안쪽 벽에는 쓰레기 배출 주의사항이나 근처에서
나타난 괴한의 정보 등 사무적인 종이가 여기저기 붙어 있
었다.

천천히 올라가는 엘리베이터 안에서 사이토는 어디에
눈을 둬야 할지 난처했다. 사이토의 윗도리를 걸치고 있음
에도 그 틈으로 히마리의 젖은 앞가슴이 훤히 들여다보여
서 똑바로 바라볼 수가 없었다. 늘 명랑한 히마리가 지금
은 한마디도 하지 않고 고개를 숙이고 있었다.

벨이 울리며 문이 열리자 사이토는 멈췄던 숨을 내쉬었다.

통로에는 에어컨 실외기가 늘어서 있고 곳곳에 아이들
장난감이 방치되어 있었다. '이시쿠라'라고 적힌 명판이 달
린 문 앞에서 멈춰선 히마리가 책가방에서 열쇠를 꺼냈다.
달그락거리며 스트랩이 움직이는 소리, 서늘한 열쇠가 돌
아가는 소리.

"그럼 난 이만……."

윗도리를 돌려받고자 사이토가 내민 손을 히마리가 잡
았다.

"……사이토. 잠깐 들렀다 가지 않을래?"

듣는 것만으로도 애처로울 만큼 긴장한 목소리였다. 맞닿은 손바닥에서 히마리의 떨림이 전해졌다.

"아니……."

"나, 나 때문에 사이토의 상의도 젖었잖아! 안 말리면 사이토가 감기에 들지도 몰라! 그동안 차라도 마시고 있으면 어떨까 하고! 알바하는 카페에서 마스터한테 엄청 맛있는 다즐링도 받았거든!"

필사적으로 말하는 히마리를 사이토는 뿌리칠 수 없었다.

그렇지 않아도 히마리에 대해선 부채감이 있었다. 그뿐만 아니라 연인 행세라는 명목으로 호조가의 사정에 말려들게 했다.

"……알았어. 오래 있지는 못하지만."

"응!"

히마리는 사이토의 손을 잡고 춤추듯 현관으로 뛰어 들어갔다.

마루로 된 복도에서 문을 열고 사이토를 안내한다.

사이토는 핑크색과 마스코트 인형들로 가득 찬 소녀의 방을 생각했지만, 예상은 빗나갔다. 흰색을 바탕으로 한 차분한 인테리어에 커다란 옷장. 모가 긴 러그 매트 위로는 유리 테이블이 놓여 있다.

실내는 말끔히 정돈되어 있고 먼지 한 올 떨어져 있지 않았다. 공부 책상 위에는 향수병과 액자에 담긴 사진이 있었다. 한쪽 사진은 히마리와 아카네의 사진. 다른 한쪽은 사이토의 사진이었다.

"이거……."

사이토가 자신의 사진을 알아차리자 히마리가 당황했다.

"앗, 미, 미안! 몰카 같은 게 아니라! 수학여행 때 찍은 사진을 무심코 사 버린 거야! 이런 걸 장식해 두다니 불쾌하지! 제대로 돌려줄게!"

"딱히 안 돌려줘도 돼."

그저 부끄러울 뿐이다.

"괘, 괜찮아?"

"내가 산 것도 아니고. 장식하고 싶으면 편한 대로 해."

"그럼 지금 사진을 더 찍어서 방에 장식해도 될까?"

"그건 평범하게 무서우니까 하지 마."

"제대로 살게! 아르바이트로 모아둔 돈도 있고 한 장에 10만 엔 정도라면 낼 수 있어!"

"내 사진에 그 정도 가치는 없어!"

왜 다들 사진을 소중히 여기는지 사이토는 알 수 없었다. 그로서는 과거의 광경은 싫든 좋든 뇌리에 박혀 사라지지 않는 것이었다.

그래서 수학여행 사진도 사지 않았다. 부모님도 아들의 성장을 기록해두지 않았기에 친가에 사이토의 사진은 없었다.

"옷 갈아입고 올 테니까 잠깐만 기다려."

히마리가 복도로 나가고 사이토는 그녀의 방에 남겨졌다. 앉을 곳을 고민하다 적당히 서서 실내를 바라보았다.

공부 책상의 책장에는 여성 잡지와 헤어 스타일, 네일아트 등의 책 사이로 전문서가 즐비했다. 《욕망과 소망의 메커니즘》, 《집단 심리총론》, 《감정 유도 프로세스》 등 심리와 관련된 책이 많았다. 꽤 많이 읽은 것인지 모서리가 닳아 있다.

——이걸…… 그 녀석이 읽고 있는 건가? 어쩌면 히마리는, 사실 꽤 머리가 좋은 게 아닐까……?

사이토는 책을 집어 펼쳐 보았다.

페이지를 넘기자 곳곳에 형광펜으로 선이 그어져 있고 소녀다운 동글동글한 글씨체로 주석도 달려 있었다. 읽기만 하는 게 아니라 제대로 공부도 한 것 같았다. 학교 공부는 하지 않아도 관심이 있는 일은 열심히 할 수 있다는 건가.

"오래 기다렸지!"

히마리가 방으로 돌아와 사이토는 책을 선반에 놓았다.

그녀가 한 손에 든 쟁반 위에는 티팟과 컵 세트가 놓여 있었다. 카페 알바의 성과인지 그런 모습도 자연스러웠다……까지는 좋은데, 히마리의 복장에 사이토는 화들짝 놀랐다.

어깨가 드러난 니트 룸웨어. 긴 상의가 허리께까지 덮여 있었고 그 아래로 허벅지가 드러나 있었다. 반바지나 치마 종류는 보이지 않았다.

"잠깐, 아래! 입는 거 까먹었는데?!"

"어?! 속옷 잘 입었는데?!"

"속옷 말고! 그 위에 입는 걸 안 입었잖아!"

"아~, 괜찮아. 이건 그런 디자인이거든. 원피스 같은 느낌."

히마리가 재밌다는 듯이 키득거리며 테이블에 컵을 내려놓았다. 바닥에 무릎을 꿇은 탓에 옷자락이 더 올라가며 살집 있는 허벅지가 육감적인 매력을 드러냈다.

"뭐가 괜찮다는 거야……."

"두근거렸어?"

"……뭐."

"신난다 ♪."

귀를 붉게 물들인 히마리가 찻주전자에서 컵에 홍차를 따랐다. 향긋한 향이 김과 함께 올라오며 그녀의 방을 채웠다.

"서 있지 말고 앉아. 이쪽!"

히마리는 사이토의 팔을 잡아당기며 침대 끝에 앉혔다.

그 기세에 옆에 주저앉고 마는 사이토. 여자애의 침대에 둘이 나란히 앉아 있는 건 좀 그렇지 않을까 생각했지만,

지금 와서 이동하는 것도 실례였다.

어쩔 수 없이 그대로 찻잔을 들고 홍차를 조금씩 홀짝였다. 풍부한 맛이 입안에 퍼지면서 혀의 깊은 곳까지 스며든다.

"맛있네."

"그렇지? 평범한 가게에는 구할 수 없는 찻잎이야~."

히마리도 홍차를 홀짝이며 하아, 하고 만족스러운 한숨을 내쉰다. 새하얀 다리를 서슴없이 뻗은 채 침대에 손을 대고 등을 쭉 편다.

히마리는 스마트폰 메시지 앱을 켜더니 사이토에게 내밀었다.

"봐봐, 우리 반 그룹 채팅."

"그런 게 있어? 난 안 들어갔어."

"아카네도 안 들어갔어. 내가 권유했더니 귀찮다고 거절하더라."

"나는 아무한테도 권유 못 받는데……."

"사이토도 관심 없어 보이니까~."

"그렇긴 하지만……."

아무런 권유도 받지 못한 것은 그거대로 미묘한 기분이었다. 당연하듯 시세이가 채팅방에 들어가 있었고 묘한 스탬프를 보낸 것을 보자 미묘한 마음이 배가됐다.

"그 보다 봐봐. 다들 우리 얘기가 한창이야."

히마리가 화면을 위로 넘겼다. 계속해서 나오는 메시지.

『이시쿠라랑 호조 엄청 분위기 좋았지~』『아까 상점가에서도 봤어』『진짜? 데이트?』『둘이 딱 붙어 있더라』『히마리, 데이트 보고는 아직이야~?』『바보야, 히마리는 지금 바쁘다고』『앗……』『그렇겠지~』, 『어쩜 좋아~』

등등 우리 둘의 이야기가 가득했다. 사이토와 아카네의 동거 의혹에 대해서는 완전히 모두의 머리에서 사라진 것 같았다.

사이토는 감탄했다.

"대단하네……. 네 작전이 완벽하게 성공했어."

"아하하, 우연이야, 우연."

"우연이 아니야. 저기 책꽂이에도 심리학책이 많이 꽂혀 있던데. 공부한 거야?"

"아…… 응."

"히마리는 정말 사람을 능숙하게 컨트롤하는구나."

"능숙하달지……. 열심히 하지 않고는 살 수 없었으니까."

"무슨 뜻이야?"

히마리는 니트의 긴 소매로 찻잔을 감싸 안고는 흔들리는 수면을 응시했다.

"나 초등학교 때 왕따 당했다고 했잖아."

"아아……."

화려한 외모와 금발로 인해 도드라졌다는 이야기였다.

민중은 오히려 이질적인 것, 자신들보다 뛰어난 것을 공격하고 싶어 한다.

"아카네가 도와준 덕에 왕따는 사라졌지만, 반에 바뀌면 또 왕따를 당할 것 같아서. 나를 감싸면 감쌀수록 아카네는 모두에게 더 미움받았고. 이대로는 안 되겠다고 생각했어. 더는 아카네에게 폐를 끼치고 싶지 않았어."

강한 목소리. 아카네와는 달리 표면은 온화한 소녀지만, 그 안쪽에 똑같이 단단한 심지가 있다는 것을 사이토는 느꼈다.

"그래서 연습한 거야. 아무도 나와 아카네를 공격하지 않도록. 모두가 우리를 좋아했으면 해서. 그러기 위해서는 모두의 마음을 움직일 수밖에 없었어."

"……그렇구나."

그 강렬한 성격의 아카네가 반에서 어떻게든 무사히 보내는 것은 히마리의 도움이 클 것이다. 학교의 인기인인 히마리의 단짝 친구에게 손을 댈 용기 있는 학생은 거의 없을 테니까.

히마리가 불안한 얼굴로 사이토를 쳐다본다.

"……귀엽지 않지. 이런 여자애는."

"아니, 소중한 친구를 위해 그렇게까지 할 수 있다니 존경스러워."

애초에 호조가는 목적을 위해서라면 수단과 방법을 가

리지 않는 일족이다. 텐류의 악행에 비하면 히마리가 하는 짓은 귀여운 수준이고, 동기 역시 비교가 안 될 정도로 순수했다.

사이토가 쓴웃음을 지었다.

"그 기술이 나한테도 쓰일까 봐 무섭긴 하지만."

히마리의 눈이 휘둥그레진다.

"소중한 사람에겐 안 써! 그런 건 비겁하잖아! 조종해서 얻은 마음 따위 허무할 뿐이야!"

"하긴 그렇네."

하지만 교제라는 것은 크든 작든 기술이 아닐까. 사이토 역시 아카네가 좋아하는 음식을 만들거나 선물을 준비해서 지내기 좋은 집이 되도록 노력하고 있다. 마음에 간섭한다는 의미에서 히마리와 하는 일은 다르지 않다.

"어쨌든 살았어. 네 덕분에 난 위기를 벗어날 수 있었어. 이런 일에 휘말리게 해서 미안해."

사이토가 히마리에게 고개를 숙여 보였다.

"아니, 괜찮아. 내게도 메리트는 있으니까."

"메리트?"

"그야 이런 일이라도 없었다면 사이토가 우리 집에 올 일도 없었을 거고. 처음에는 연인인 척이라도…… 거짓에서 시작하는 진심, 이라는 말도 있잖아?"

삐걱, 하고 침대가 소리를 냈다. 히마리가 매트리스에

손을 대고 사이토 쪽으로 몸을 기울였다. 정성스레 관리한 듯한 매끈한 어깨에서 달콤한 향내가 풍겼다.

"나는 결혼을……."

"하지만 정략결혼 같은 거지? 집안 사정 때문이니까. 아니면 사이토는 아카네에게 연애 감정을 느끼고 있어?"

"연애 감정은…… 없어."

없을 것이다. 가끔 아카네의 귀여운 얼굴에 심장이 두근거리기도 하지만, 그것은 이 나이 때의 당연한 반응이다. 그런 미소녀와 한집에 살다 보면 외모에 현혹되어도 어쩔 수 없다. 아카네의 안은 폭주 드래곤이었고, 사이토는 드래곤을 사랑할 만큼 무모하지 않았다.

히마리가 사이토의 무릎에 손을 얹고 얼굴을 기대왔다.

"그럼…… 나한테도 기회는 있겠네. 나는 정부라도…… 괜찮아."

미열에 들뜬 어조로 달콤하게 속삭여온다. 욕망에 홀린 눈동자가 사이토를 바라보고 있다.

사이토는 심장이 아플 정도로 뛰는 것을 느꼈다. 그녀가 진심으로 말한다는 것을 알아 버려서, 언제든 그를 받아들일 생각이라는 것이 고스란히 전해져서 전신이 뜨거워졌다.

"자신을 값싸게 취급하지 마."

"그런 게 아니야. 사이토를 얻을 수만 있다면 어떤 형태든 상관없을 뿐이야."

"그래서 정부라고?"

"더 엄청난 형태로 사이토 곁에 있는 애도 있잖아?"

"뭐……?"

"앗……."

사이토가 인상을 찌푸리자 히마리가 입을 손으로 가렸다.

"누구 얘기야?"

"미, 미안. 잊어줘."

"난 잊는 게 불가능해. 무슨 뜻이야?"

"정말 미안해. 지금은 내가 실수했어. 말해도 아무도 행복해지지 않을 테니까."

입을 다물어 버리는 히마리. 이 이상 추궁해도 정보를 얻기는 어려울 것이다.

사이토가 한숨을 내쉬었다.

"그럼 못 들은 걸로 할게."

"응……."

고개를 숙이는 히마리.

어색한 공기를 없애려는 듯이 밝은 목소리를 낸다.

"그래! 사이토, 배 안 고파? 모처럼 왔으니까 저녁도 먹고 가. 아카네만큼은 아니지만 나도 요리는 꽤 하니까."

"저녁까지 먹고 가는 건 민폐잖아."

"괜찮아. 아빠도 그 사람도 오늘은 안 돌아와."

"여행이라도 가셨어?"

엄마가 아니라 그 사람이라는 말이 마음에 걸렸다.

"여행이 아니야. 내가 집에 있을 땐…… 둘 다 안 돌아오
는 것뿐이야."

히마리가 무릎 위에서 손을 움켜쥐었다. 평소 연기하는
학교의 인기인과는 전혀 다른, 의지할 곳 없는 모습. 살을
파고드는 듯한 고독감이 그녀에게서 배어 나오고 있었다.

"……우리 집이랑 비슷하네."

"어?"

"나도 부모님이 싫어해. 둘 다 집에 거의 없었어. 운동회
나 수업 참관에도 부모가 온 기억이 없고. 웃기지."

"……웃기지 않아."

그래, 웃을 수 없다. 사이토는 속으로 중얼거렸다.

"그래도…… 사이토와 똑같은 건 기뻐."

히마리가 미소 지었다. 그런 것이 똑같다 한들 아무런
득도 되지 않는다. 같은 상처조차 그녀에겐 사랑스러운 목
줄인 걸까.

이 다정하고 애처롭고 달콤한 공간에 계속 있으면 머리
가 이상해질 것만 같아 사이토는 침대에서 몸을 일으켰다.

"이만 집에 갈게."

"안 돼."

히마리가 사이토의 허리를 껴안았다. 부드러운 포옹이

서로의 거리를 녹이며 감싸왔다. 매끄러운 팔이 사이토를 놓치지 않기 위해 감겨든다.

"잠깐……."

"쓸쓸하니까, 조금만 더. 부탁이야…… 같이 있어줘."

흐느끼는 듯한 부탁을, 사이토는 뿌리칠 수 없었다.

밤늦게까지 사이토는 집에 돌아오지 않았다.

교실에서 히마리와 둘이 나가는 것은 아카네도 봤으니 분명 데이트가 길어지는 것이겠지. 어디서 뭘 하는 걸까. 아닐 거라고는 생각하지만 오늘 밤 둘이서 밤이라도 보낼 생각인 걸까.

그런 생각을 하자 마음이 복잡해져서 공부에 집중이 되질 않았다. 한 시간이나 걸려 문제집 한 페이지를 푼 뒤 이번 시험 범위도 아닌 곳을 풀었다는 사실을 깨닫고 낙담했다.

"전혀 손에 안 잡혀……. 사이토 때문이야……."

히마리에게 연락해 사이토가 어디에 있는지 알려달라고 해야 하나. 하지만 그렇게 쉽게 위치를 알아 버리면 어쩐지 억울할 것 같았다.

계속 공부방에만 있으면 사이토가 돌아온 것을 눈치채지 못할 수도 있다. 그렇게 생각한 아카네는 참고서를 들고 1층으로 내려갔다.

거실 소파에 자리를 잡고 참고서의 내용을 외우려고 했지만, 머리에 들어오지 않았다. TV를 켜도 재미있는 방송은 하지 않았다. 스마트폰으로 고양이 영상을 보며 힐링하려고 해도 별다른 효과가 없었다.

혼자 몸부림치고 있는데 현관문이 열리는 소리가 들렸다.

──사이토다!

반사적으로 몸을 일으킨 아카네. 하지만 곧바로 다시 앉았다.

현관으로 마중을 나가면 귀가를 기다리고 있었다고 착각할 것이다. 주인의 귀가를 기뻐하는 개 취급을 받는 것은 굴욕적이라 참을 수 없었다.

아카네는 끝까지 소파에 앉아 참고서를 읽는 시늉을 했다.

교복 차림의 사이토가 거실에 들어왔다. 상의엔 주름이 지어 있고, 묘하게 피곤한 모습이었다.

"다녀왔어."

"……."

어색하게 건넨 사이토의 인사를 아카네는 묵살했다.

"무슨 일 있어?"

"아무 일도 없어. 저녁은 테이블에 있으니까 빨리 먹고 자."

"저녁이라니……."

사이토는 테이블 위에 놓인 컵라면을 물끄러미 바라보았다.

"너 컵라면은 몸에 안 좋다고 싫어하지 않았어? 싸울 때도 식사는 만들어 줬잖아."

"알 게 뭐야! 네가 좋아하는 거잖아? 몸에 나쁜 거나 먹어! 그리고 건강이나 확 상해버려!"

"왜 화를 내?"

"화 안 냈어!"

아카네는 무릎 위에서 주먹을 꽉 쥐고 소리쳤다.

정말로 화가 난 것은 아니었다. 두 사람의 생활을 유지하기 위해 위장 연인 작전이 도움이 된다는 것도 알고 있고, 이를 위해 사이토가 애쓴다는 것도 알고 있다.

사이토는 잘못이 없다. 그를 탓해서는 안 된다. 애초에 사이토가 히마리와 데이트를 하든 자고 오든 아카네와는 상관이 없는 일이어야 했다.

그런데 아무리 무시하려 해도 신경이 쓰였다. 사고도 감정도 혼란스럽기만 해서 제대로 통제가 안 됐다.

"지금까지 히마리랑 같이 있었어?"

"어? 아아. 상가를 돌아다니다가 히마리네 집에 잠깐 들렀어."

"지, 집이라니……. 히마리의 부모님은?"

"오늘은 안 계셨어."

"……윽!"

아카네는 사이토의 얼굴을 보는 것조차 힘이 들어 거실

을 뛰쳐나갔다. 계단을 뛰어 올라간 그녀는 자신의 공부방으로 들어갔다.

닫힌 문에 등을 대고 숨을 몰아쉬었다. 쉬 안쪽에서 맥박이 요란하게 울리고 있다.

이 기분은 대체 뭐지? 모르겠어. 어떻게 해야 가슴 속의 불쾌한 소용돌이가 사라지는지 전혀 알 수 없었다.

아카네는 스마트폰 메시지 앱을 켜서 히마리에게 전화를 걸었다.

"여보세요……."

『앗, 아카네? 사이토는 잘 들어갔어?』

귀에 닿은 서늘한 스마트폰 너머로 평소와 같이 명랑한 히마리의 목소리가 울려 퍼졌다. 아니, 오늘 밤의 히마리는 평소보다 더 들뜬 것 같았다.

"……응."

『다행이다! 저녁이라면 우리 집에서 먹였으니까 아카네는 신경 안 써도 돼!』

"처음부터 신경 안 썼어. 만들 생각도 없었고."

『그럼 마침 잘됐네. 들어봐, 아카네. 사이토가 말이지, 목욕도 하고 가라고 권했더니 어찌나 부끄러워하던지~.』

"듣기 싫어!"

아카네가 고함을 쳤다.

히마리가 당황했다.

『아, 아카네? 왜 그래? 갑자기 큰 소리 내면 귀 아파.』

"미, 미안해……."

아카네가 어깨를 움츠렸다.

히마리는 아무 잘못도 없다. 자신의 단짝은 어디까지나 호의로 사이토와 아카네를 도와주려는 것뿐이다.

"저, 저기, 히마리. 연인 행세하는 거 힘들지? 싫으면 그만둬도……."

『싫지 않아, 전혀. 가짜라고 해도 사이토의 연인이 될 수 있다면 그걸로 좋아.』

"하지만 이제 소문도 사라진 것 같고……."

『아직 부족해. 좀 더 해야지.』

"언제까지 하면 좋을까……?"

『평생, 아닐까?』

아하하, 하고 히마리가 웃는다.

──평생이라니…….

그건 가짜인 걸까. 진짜보다도 더 진짜 같지 않은가.

히마리의 목소리가 낮아졌다.

『……아카네는 싫어? 사이토와 내가 그런 관계로 지내는 거. 질투가 난다고 하면 그만둘게.』

"지, 질투할 리가 없잖아! 그 녀석에게 연애 감정 따윈 없어!"

아카네는 목덜미가 뜨거워지는 것을 느꼈다.

『그럼 괜찮겠네! 아카네와 사이토는 평화롭게 지낼 수 있어서 해피하고, 나는 사이토와 가깝게 지낼 수 있어서 해피♪. 아무 문제 없지?』

"그래, 그렇지……. 아무 문제 없, 지……."

그럴 텐데.

가슴 속의 술렁임이 가라앉질 않았다.

저녁을 마친 거실에는 느긋한 공기가 흘렀다.

사이토는 소파에서 책을 읽고 있었고 아카네는 옆에서 참고서와 씨름했다. 어젯밤엔 그렇게나 기분이 안 좋아 보이더니 자신의 공부방에 가지 않고 부부의 공유 공간에 남아 있었다.

식사도 컵라면이 아니라 평소 이상으로 기합이 들어간 코스 요리였다. 사이토를 향한 살의도 느껴지지 않았다. 아카네가 무슨 생각을 하는지 사이토는 알 수 없었다.

학급 내 소문의 중심은 동거 의혹에서 사이토와 히마리의 주제로 옮겨갔지만, 아직 방심은 금물이었다. 아카네와 둘이 있는 모습을 반 아이가 본다면 모든 고생이 물거품이 된다. 밖에서 섣불리 대화도 하지 못했다.

사이토는 책을 덮고 아카네에게 말을 걸었다.

"그러고 보니 아직 연락처 교환도 안 했네. 알려줄 수 있어?"

"허, 헌팅……?"

아카네가 참고서를 끌어안고 싸늘한 표정을 짓는다.

"자기 아내를 헌팅해서 뭐 하게!"

"날 어쩔 셈이야……?"

아카네가 공포로 몸을 떨었다.

"아무것도 안 해! 연락이 안 되면 밖에 있을 때 곤란하잖아."

"하긴…… 히마리의 집에서 아침에 돌아오기라도 하는 날엔 연락이 없으면 곤란하겠지."

비난이 담긴 시선.

"외박은 안 해. 어젯밤에도 잘 왔잖아."

"그래도 사실은 돌아오고 싶지 않았지?! 내 밥보다 히마리 밥이 더 좋은 거잖아?!"

"대체 뭘 경쟁하는 거야……."

사이토가 저녁을 먹고 귀가한 것이 그렇게 마음이 들지 않았던 걸까. 요즘 아카네의 모습이 어쩐지 이상했다.

"당분간은 둘이 장도 못 볼 것 같으니까 연락 수단이 필요하다고 생각한 것뿐이야. 사다 줬으면 하는 게 있을 때 연락이 되면 편리하잖아?"

"과연 그런 유혹 방법도 있었구나……."

"그러니까 유혹하는 게 아니라, 어디까지나 실무적인 의미라고."

"어, 어쩔 수 없지……."

아카네가 쭈뼛거리며 스마트폰을 내밀었고, 서로 ID를 교환했다.

"……왜 우리, 지금껏 연락처를 교환하지 않은 걸까."

최근까지 연락 수단이 필요할 만한 상황이 없었다는 것도 원인 중 하나겠지만.

"그런 걸 물어보면 기분 나빠할 것 같아서."

"확실히 기분은 나쁘네."

"대놓고 말하지 마!"

"경찰에 신고할까 했어."

"내가 학교에 가까이 가기만 해도 체포되는 괴한이냐."

천적이라고는 하나 또래의 여자아이에게 오물 취급을 받은 사이토는 괴로운 심정이었다.

"하지만……."

아카네가 스마트폰 화면을 바라보며 뺨을 붉게 물들였다.

"남자 연락처를 넣은 건 처음이야."

"그, 그래?"

딱히 불쾌해하는 기색도 없이, 오히려 좀 기뻐 보이는 모습에 사이토는 어떻게 반응할지 알 수 없었다. 자신의 스마트폰에 아카네의 이름과 사진이 있는 것이 묘하게 간지러웠다.

"학교에서 전화가 왔을 때 사이토라는 걸 들키면 안 되니까 이름을 바꿔 놓을게."

"알았어."

아카네가 스마트폰에 입력했다.

"바, 보."

"바보는 하지 마."

굴욕적인 표시명에 사이토가 항의했다.

"머, 저, 리."

"머저리도 하지 마."

"달리 널 표현할 정확한 단어가 없는걸."

"이것저것 많잖아! '지상 최강 천재'라든가, '숭고한 절대 제왕'이라든가."

"그럼 '숭고하게 시대를 초월한 최강의 천재 미남'으로 해둘게."

"역시 방금 건 취소. 들으니까 부끄러워."

장난을 장난으로 되받아치다니, 아카네의 공격도 점차 고도화되고 있었다. 관통력이 진화했다.

"너도 수치라는 감각이 있구나."

"모르는 사람인 것처럼 말하지 마."

"전라로 밖을 걷는 게 취미인 인간인 줄 알았어."

"내 취미는 독서야!"

사이토가 다시 책을 읽으려 하자 스마트폰에서 알림음이 울렸다.

도착한 것은 아카네에게서 온 메시지다.

『안녕하세요.』

스마트폰을 끌어안은 아카네가 사이토를 향해 반짝거리는 기대의 눈길을 보내고 있다.

——메시지를 주고받고 싶은 건가?

무시했다간 바로 들통날 거리였다. 게다가 아카네가 하

고 싶다면 어울려 주는 것이 원만한 부부 관계로 가는 길이었다.

사이토는 답장했다.

『안녕하세요.』

『잘 지내세요?』

『잘 지냅니다.』

『당신의 이름은 무엇인가요?』

『호조 사이토입니다.』

마치 로봇 같은 정형문이다. 그러나 놀랍게도 이 무미건조한 글을 기쁜 듯이 보내오는 것은 사이토의 아내였다. 학년 2등의 수재라고는 생각되지 않았다.

아카네는 메시지를 계속 보내왔다.

『This is a pen.』

『왜 갑자기 영어야.』

심지어 중학교 1학년 때 배우는 기초 중의 기초다.

『I am a pen.』

『넌 문방구였구나.』

인간으로 오해하고 있었다.

『저녁은 먹었나요?』

『아까 같이 먹었습니다. 정신 좀 차려.』

사이토는 눈매 사나운 고양이가 괜찮은 거야? 라고 물어보는 스탬프를 보냈다.

아카네는 스마트폰을 두 손으로 잡고 즐거운 듯이 어깨를 들썩이고 있다.

『당신의 저녁은 무엇이었나요?』

『만든 건 너잖아. 메인은 햄버그다.』

『무슨 생물체의 햄버그라고 생각하나요?』

『뭐야, 무섭게……. 소……?』

『소?』

왜 다시 묻는 거지. 이제 그만했으면 좋겠다고 간절히 바라는 사이토지만 아카네는 여전히 들떠 있었다. 저 해맑은 미소는 대체 무엇이란 말인가.

『힌트를 줘. 좀 더 쉽게 맞출 수 있을 테니까.』

『힌트……. 다리는 50개에 눈이 90개인 생물입니다.』

『점점 더 모르겠어.』

지구상에 현존하는 생물은 아닌 것 같다.

아카네가 소파에서 일어나 달려가더니 거실문 뒤편으로 숨었다.

사이토의 스마트폰으로 전화가 걸려왔다. 사이토가 전화를 받자 아카네는 적지에서 연락하는 스파이인 양 속삭였다.

『……여보세요? 들리나요? 이쪽은 접니다.』

"같은 집이니까 평범하게 말해!"

사이토가 참지 못하고 소리쳤다.

『그럴 수는 없어. 이건 훈련이니까.』

"무슨 훈련!"

『사이토가 콘크리트에 묻혔을 때 남몰래 연락하기 위한 훈련이야.』

"범인은 십중팔구 너겠네."

『그렇지 않아. 왜냐하면 나는 상냥하니까.』

"아카네가 상냥이라……."

고통스럽지 않게 한순간에 보내주는 상냥함을 말하는 거겠지, 라고 사이토는 확신했다.

"오~빠앗~!"

사이토가 시세이와 학교 안뜰에서 도시락을 먹는데 마호가 등 뒤에서 달려들었다.

내용물이 떨어지지 않도록 도시락을 놓고 휙 피하는 사이토. 허공을 향한 마호가 웃는 얼굴 그대로 땅을 굴러갔다.

비틀거리며 일어나더니 원망스러운 듯 사이토를 올려다본다.

"오빠, 날 피하는 게 점점 능숙해지고 있네……."

"그야 그렇게나 매일 습격을 받았으니까."

안심하고 점심도 먹을 수 없다. 아카네의 수제 요리는 학교에 가져올 수 없으니 등교 중에 산 도시락이지만, 그렇다 해도 개미들의 먹이가 되게 할 수는 없었다.

마호는 득의양양하게 브이자를 해 보였다.

"오빠의 회피력을 키워주기 위해 돌격하는 거야!"

"100% 거짓말이군."

"들켰네~! 사실은 그냥 성욕입니다!"

"조금은 단어 선택을 해!"

"거짓말한 사과의 뜻으로 뽀뽀해 줄게~!"

"됐어……."

사이토는 단호히 거부했지만, 마호는 개의치 않고 그를 끌어안았다. 온 힘을 다해 뺨을 비벼대는가 싶더니 달콤한 냄새를 묻히려는 듯이 밀착했다. 시세이는 그 틈을 타 사이토의 도시락을 거침없이 집어먹었다.

──혹시 이 둘은 콤비인 건가……?

의심하는 사이토.

하지만 시세이는 사이토에게서 마호를 떼어냈다.

"너무 붙어. 오빠한테 마킹하지 마."

"엥, 뭐 어때. 시짱도 매일 오빠한테 마킹하잖아?"

"오빠에게 마킹하는 것도 동생의 의무."

"아니거든?!"

"오늘은 내가 마킹 당번이라고 오빠가 그랬어!"

"그것도 아니거든?!"

좌우로 여동생들이 매달린 탓에 꼼짝도 못 하는 사이토는 도시락도 먹을 수 없었다. 어차피 이미 도시락은 조금도 남지 않았지만.

시세이의 팬인 여자들과 마호의 팬인 남자들에게 보이면 처형이 확실한 상황에서 사이토는 두 사람을 뿌리치고 벤치에 앉혔다.

"시짱, 자!"

"하압."

마호가 어디선가 꺼낸 경단을 던지고 시세이가 입으로 받아 삼키고 있다. 이러니저러니 해도 이 두 사람의 사이는 나쁘지 않아 보였다.

"그래도 뭐, 마침 잘 왔어. 오늘은 좀 물어볼 게 있었거든."

"어머, 내가 좋아하는 사람을 알고 싶어? 그렇구나, 난 오빠가 좋아! 꺄악 ♪."

양손으로 뺨을 누르고 몸을 비트는 마호. 정면으로 상대하면 진다.

"내가 파티에서 만난 그 애, 마호는 누군지 알지?"

"……!"

시세이가 움찔 어깨를 움직였다.

마호는 손을 입가로 가져가며 눈을 크게 떴다.

"아~, 음? 안다고 하면 알고 모른다고 하면 모른달까~."

대답이 확실치는 않지만 뭔가 정보가 있는 것은 확실해 보였다.

마호가 도망치지 못하게 사이토는 그녀의 손을 잡았다.

"오, 오빠……?"

주춤하는 마호.

"정확히 알려주지 않을래? 대가가 필요하다면 할 수 있는 건 뭐든 할게."

"정말? 그럼 뭘로 할까나~? 굉장한 걸 부탁해 버릴까?"

"오빠 지금 와서 그런 걸 알아서 어쩌려고?"

"아무것도 안 해. 굳이 만나러 갈 생각도 없고. 그 애에게도 마호에게도 폐 끼칠 일은 없어. 다만…… 언제까지 아무것도 모른 채로 있는 건 찝찝해서."

사이토 안에는 미약한 가설이 있었다.

거의 불가능한 이야기지만, 완전히 부정할 수도 없는 가능성.

사이토의 초등학교 졸업을 축하하는 파티에는 텐류의 지인들이 초대되었다. 그러니 텐류와 사랑하는 사이였던 치요의 손자, 즉 마호가 그 아이가 아닐까 생각했었다.

하지만 그 조건이라면 아카네도 들어맞는다.

사이토가 마호를 보았을 때 그 아이의 모습이 있다고 느낀 것은 자매이기 때문 아닐까. 그 아이가 긴 머리를 자르고 그대로 자라면 아카네가 되지 않을까.

온화하고 다정하고 천사 같은 미소가 사랑스러웠던 그 아이는 아카네가 가진 이미지와는 거리가 아주 멀지만.

"오빠…… 진짜 알고 싶구나."

"그래."

"정말 뭐든지 할 거야? 오빠 쪽에서 날 끌어안아달라고 말해도?"

"그 정도는 상관없어."

사이토가 마호를 끌어안으려 했다.

마호가 새빨개진 얼굴로 뒷걸음질했다.

"잠깐만! 갑자기 너무 대담하잖아!"

"넌 늘 거리낌 없이 껴안으면서!"

"그건 괜찮지만! 이런 건 좀 쑥스러워!"

황급히 손을 젓는 마호. 개방적이고 부끄러움 없는 평소와는 크게 다르지만 이건 이거대로 귀여웠다.

마호는 심호흡하며 숨을 고르더니 각오를 다진 표정으로 사이토를 올려다본다.

"이, 이제 와!"

"그럼……."

다가서는 사이토를 마호는 눈을 꼭 감고 기다렸다.

그때 시세이가 마호의 손을 잡아당겼다.

"마호. 시세랑 데이트해."

"엥?! 지금부터?!"

눈이 휘둥그레지는 마호.

"응. 지금 당장."

"어? 어? 어떻게 된 거야, 시짱?! 드디어 내 매력을 알아

버렸어?! 날 너무 좋아한 나머지 드디어 내 인형이 되고
싶어졌어?!"

"인형은 안 해. 마호랑 둘이서 대화하고 싶어."

"시짱이랑 단둘이 데이트! 할래, 할래! 땡땡이 칠래~!"

마호는 시세이의 손을 잡고 폭풍처럼 달려갔다.

"잠깐…… 내 이야기는……."

홀로 남겨진 사이토.

왜 갑자기 시세이가 마호를 데려갔는지는 수수께끼지
만, 마호는 순식간에 시세이의 마력에 끌려가고 말았다.

사이토가 탄식하는데 스마트폰에 알림이 울렸다. 화면
에는 아카네에게서 온 메시지가 표시되어 있다.

『거실 커튼이 열린 채로 있었어! 내부가 들여다보이는
게 싫으니까 나갈 땐 꼭 치라고 했잖아!』

『미안, 깜박했어.』

날씨가 너무 좋아서 경치를 보기 위해 열어둔 것이었다.

『복도에도 실밥 하나가 떨어져 있더라! 내가 가진 옷 색
깔은 아니니까 사이토가 떨어뜨린 거지?!』

『그런 걸 잘도 찾았네! 집에 가면 청소할게, 그럼.』

『기다려! 세면대에도 사이토의 머리카락이 하나 떨어져
있었어! 침대 시트도 엉망이 되어 있었고, 테이블에는 컵이
그대로 놓여 있었고, TV 리모컨은 늘 있던 곳에 없었고,
그리고, 그리고!』

『너 그냥 불평하고 싶은 것뿐이잖아!』

쏟아지는 잔소리의 폭풍에 사이토는 압도당했다. 이래서야 아내가 아니라 시어머니다. 알림이 쉴 새 없이 울려대고 답장만으로 점심시간이 사라져 갔다.

——역시 아카네가 '그 아이'일 가능성은 절대 없어.

사이토는 화면을 바라보며 쓴웃음 지었다.

사이토가 귀가하자마자 스마트폰으로 할아버지 텐류에게서 전화가 걸려왔다.

피곤한데 독재자를 상대하느라 더 피곤해지고 싶지 않았다. 빨리 독서에 빠지고 싶다. 그렇게 생각한 사이토는 착신을 무시했지만, 이번에는 집 전화가 울리기 시작했다.

그것도 무시하자 거실 TV 전원이 저절로 켜지더니 화면에 할아버지의 얼굴이 대문짝만하게 나타났다.

『빨리 안 받냐.』

"으악?!"

저도 모르게 비명을 지르는 사이토.

그 할아버지이니 손자 부부의 집에 어떤 기믹을 심어 놓았으리라고는 예상했지만, 막상 실물과 마주하니 위협을 느꼈다.

"할배……. 이 TV엔 카메라가 달린 거야? 우리 모습을 늘 감시하고 있어?"

『하하하! 그런 짓을 할 리가 없잖냐. 이건 그냥 화상 전화야.』

"애초에 화상 통화 기능이 있다는 걸 처음 알았으니까 못 믿겠다는 거야!"

『설명서라면 뒀지 않느냐. 옷장 위에.』

사이토가 옷장을 살펴보니 확실히 화상 전화 설명서가 놓여 있었다. 하지만 팔을 쭉 뻗지 않는 이상 닿지 않는 거리였기에 설명서의 존재조차 눈치챌 수 없는 장소였다.

대체 할아버지는 뭘 하고 싶은 걸까. 아마도 손자를 깜짝 놀래켜 주고 싶다는 정도의 악질적인 이유이리라.

"무슨 용건이야?"

『용건이 없으면 전화하면 안 되냐?』

"연인 같은 소리 하지 마."

사이토는 공포로 몸을 떨었다.

상대는 가벼운 잡담을 즐기는 사내가 아니다. 조금만 방심해도 영혼을 통째로 빼앗아 가는 괴물이었다.

『다음 주 토요일 내 사촌 누이의 칠순 잔치가 있다. 호조 일가가 모이는 연회이니 너도 와라.』

"할배 사촌 누님이라면, 일가를 통솔해주시는 그분 말이지?"

『그래, 경영에 간섭하고 싶어 하는 성가신 녀석들을 확실하게 눌러주고 있지. 네가 내 뒤를 잇고 싶다면 적으로 돌려선 안 될 사람이다.』

"알았어. 축하 선물도 사 갈게."

이런 정치적인 일에 대해서도 텐류는 옛날부터 계획적이었다. 자신의 후계자로서 사이토를 거래처나 유력자에게 소개하면서 착실하게 기반을 만들어가고 있다.

지금 생각해 보면 과거 별장에서 졸업 파티를 열었던 것도 그 일환이었으리라.

괴물만 배출해내는 호조 가문에서는 설령 사이토라도 입장이 안전하다고 볼 수 없었다.

사이토가 전화를 끊자 아카네가 거실로 들어왔다.

"뭔가 말소리가 나던데⋯⋯. 또 혼잣말? 어지간히도 친구가 없나 보구나."

"늘 혼잣말하는 불쌍한 사람인 것처럼 말하지 마. 할배랑 통화했어."

"할아버지랑 친한가 보네."

뜨뜻미지근 눈빛을 사이토에게 향한다.

"그런 훈훈한 관계 아니야."

"나는 할머니가 종종 자장가로 재워주셨어. 사이토네 할아버지도 그러시지?"

"지옥인가."

상상만으로도 사이토는 도망가고 싶어졌다. 그 괴물 같은 할아버지가 노래한다면 자장가가 아니라 데스메탈이나 진혼가가 될 것이다.

"이번에 친척 모임이 있다나 봐. 나는 할배가 부른 거긴 한데 너도 올래?"

"응? 내가 왜?"

"친척들에게 소개해야지."

별다른 의미 없이 전한 사이토지만, 아카네는 얼굴이 새빨개진다.

"소개라니, 결혼한 것도 아닌데!"

"결혼했잖아."

"결혼 같은 거 안 했어!"

"그럼 왜 같이 사는데."

"그건 그러니까…… 네가 어느 틈엔가 우리 집에 정착한 거고……."

"그건 사건이지! 신고해!"

"알았어!"

스마트폰을 귀에 가져가는 아카네.

"진심으로 하지 마!"

이럴 때만 손이 빠른 아카네에게서 사이토는 스마트폰을 빼앗으려 했다. 아카네가 으르렁대며 스마트폰을 사수하는 탓에 손을 댈 수가 없다.

"호조 가문 모임이라고 해도 평범한 연회야. 노인은 노인들끼리 마시고 떠드는 것뿐이지 신경 쓸 필요도 없어.

무식하게 비싼 음식들만 나오니까 너도 식사하러 오라는 거지."

아카네가 머리를 감싸 안았다.

"윽……. 마음의 준비가 안 돼서 무리야……."

"마음의 준비라니…… 과장이야. 시세도 있어."

"그렇다는 건, 시세이의 어머님도 오시는 거겠지……?"

"뭐, 오시겠지."

그러고 보니 놀이공원에 갔을 때 데려가 주던 차 안에서 고모인 레이코를 만난 아카네는 위축된 모습이었다.

사이토로서는 최근 둘이서 장도 못 보고 있으니 아카네도 바깥에서 숨 좀 돌리면 좋겠다는 마음이었지만, 반대로 부담을 준다면 본말전도다.

"억지로 오라고는 안 하겠지만…… 당일엔 자고 올 거라 혼자 집을 지키게 될 텐데, 안 외롭겠어?"

아카네가 팔짱을 끼고 고개를 돌렸다.

"아, 안 외롭거든! 오히려 네가 없어서 아주 홀가분해!"

"괜찮아? 갑자기 정전되면 쇼크사하는 거 아닐지……."

"안 해! 넌 날 뭐라고 생각하는 거야!"

"너 엄청나게 겁 많잖아."

"안 많거든! 만약 귀신이 나온다 해도 초 단위로 퇴치해 보이겠어!"

"퇴마사였어?"

함께 살아도 아직 모르는 게 있다. 동거인의 새로운 측면을 발견했다! 하고 설렌 사이토지만, 아마 아닐 것이다. 아카네는 창백한 얼굴로 과장되게 가슴을 편 채로 떨고 있었다. 이건 그거다. 그냥 허세다.

"정말 괜찮아? 집 잘 보고 있을 수 있어?"

"무시하는 거야?!"

"걱정돼서 그래. 수호 부적이라도 써줄까?"

"네 사이비 부적은 필요 없어!"

"사이비 아니야. 믿는 자는 구원받아. 반드시 구원받아."

"사이비스러움밖에 안 느껴져!"

사이토의 호의를 끝까지 거절한다.

"오랜만에 히마리랑 마음껏 놀고 싶었는데 마침 잘됐네! 하루든 한 달이든 좋을 대로 자고 와!"

아카네가 어깨를 치켜올리며 쏘아붙였다.

자택 앞에 시세이의 리무진이 기다리고 있었다.

사이토로서는 대중교통이나 적어도 텐류의 집 차로 이동하고 싶었는데 꼭 시세이가 데리러 오겠다고 나선 것이다. 오늘도 또 메이드 운전사의 폭주에 시달릴 것을 생각하니 사이토는 타기 전부터 멀미할 것 같았다.

이러니저러니 해도 아카네는 현관까지 배웅을 나와 주었다.

"다녀올게."

"……."

인사하는 사이토에게 대답도 하지 않았지만, 어딘가 쓸쓸한 표정을 짓고 있다. 역시 이 넓은 집에 혼자 있는 건 불안한 걸까.

"괜찮아?"

"뭐가? 나도 바쁘니까 빨리 가!"

말만은 끝까지 쌀쌀맞다.

사이토는 리무진에 올라타 호조 본가로 향했다.

차 안에는 드레스 차림의 시세이와 정장이 잘 어울리는 고모 레이코가 있었다. 레이코가 타고 있을 땐 메이드 운전사도 자중하기 때문에 사이토는 안도했다.

호조 본가는 무가의 저택 같은 위용을 가진 대저택이다.

회반죽의 담벼락이 끝없이 이어져 있고 검고 윤기 나는 기와지붕. 위풍당당한 대문 앞으로는 미의 극치를 구현한 듯한 일본 정원이 펼쳐져 있다.

거뭇거뭇한 소나무 가지와 바닥이 비쳐 보이는 맑은 잉어 연못. 마루로 된 복도는 정갈하게 짜여 있었고 돌다리를 가로질러 개울이 흘러갔다.

"어서 오십시오, 사이토 님.""어서 오십시오, 레이코 님.""잘 오셨습니다, 시세이 님."

사용인들이 현관 앞에 죽 늘어서서 사이토 일행을 맞이

했다.

레이코의 핸드백을 받아들고 시세이의 구두를 척척 벗겨준다. 왕후 귀족 취급에도 레이코와 시세이는 익숙했지만, 일반인인 사이토는 낯설었다.

"난 이 저택에 돌아온 건 아니지만……."

레이코가 어깨를 으쓱했다.

"본가에 있어서 사이토는 이 집 아이야. 아버님도 사이토를 여러 번 입양하려고 했잖아."

"아아…… 너무 무서워서 거절했지만 말이지."

손자 인생조차 무리하게 간섭하는 텐류인데 친권까지 저당 잡히면 무슨 짓을 당할지.

분명 매일 저녁마다 파티에 끌려다니고 생일엔 헬기에서 구명줄 없이 번지점프를 당할 것이 분명했다. 부모다운 일은 일절 하지 않았지만 그나마 방임주의였던 부모 쪽이 더 무해했다.

"오빠, 오빠. 스키 타자."

시세이가 맨들맨들한 복도 위로 점프하더니 배를 바닥에 대고 미끄러져 갔다.

사용인들이 "아가씨, 그만하세요!" "의복이……!" 하면서 비명을 질렀다. 시세이는 개의치 않고 사이토 쪽을 힐끗 보았다. 빨리 따라 하라는 재촉이었다.

"어쩔 수 없군!"

사이토는 복도에 정좌로 점프하여 미끄러져 갔다. 재계 인사들에겐 복마전이나 다름없는 호조 본가도 사이토와 시세이에겐 그저 '할아버지 집'이었다.

　연회장으로 마련된 공간은 그야말로 휘황찬란하여 성 내부의 방을 연상시켰다. 금박으로 수놓아진 사방의 병풍에는 용과 호랑이가 그려져 있고 천장에도 황금 장식. 상석에는 이미 텐류가 자리하고 있었다. 아니, 이미 마시고 있었다.

　옆에는 텐류의 사촌 누이인 시즈가 앉아 있었다. 올해로 고희, 즉 70세를 맞이했지만 늠름한 용모는 나이를 가늠할 수 없게 했다. 사이토가 어린 시절 봤을 때부터 외모가 전혀 변하지 않아 그의 안에서 시즈는 요괴의 한 부류로 인식되고 있었다.

　"그래, 사이토. 시세이. 이리 와서 앉아라!"

　잔뜩 흥이 올라 손짓하는 텐류.

　"주정뱅이 옆엔 앉기 싫은데."

　"오늘 밤엔 다 주정뱅이들뿐이다! 포기해."

　할아버지는 한번 말을 꺼내면 듣지 않는다. 주빈들 앞에서 실랑이를 벌이는 것도 보기 좋은 일은 아니었기에 사이토는 시세이와 함께 텐류가 있는 쪽으로 이동했다.

　"그간 격조했습니다. 고희를 축하드립니다."

　"축하해. 더 오래 살아."

사이토와 시세이가 축하 선물을 내밀자 시즈가 웃음을 머금었다.

  "고맙구나. 앞으로 10년 정도는 더 살 것 같단다."

  "하하하! 시즈가 말하면 농담으로는 안 들린단 말이야."

  웃어 재끼는 텐류. 사이토도 동감이었다.

  "근데 새아가는 어디 있나? 아직 안 왔어?"

  "아카네는 오늘 안 와. 친척들한테 소개받는 게 부끄러운가 봐."

  "어머, 사랑스러워라."

  시즈가 어깨를 들썩였다.

  "부부 금실은 좋으냐? 증손자는 생겼어?"

  텐류가 사이토에게 물었다.

  "안 생겼어. 결혼 조건은 잘 지키고 있지만 우린 그런 관계가 아니야."

  "아깝게 뭐 하는 거야, 신혼인데. 지금이 제일 즐거울 때 아니냐. 목욕은 둘이 같이하지?"

  "같이 할 리가 없잖아!"

  사이토는 목덜미가 뜨거워지는 것을 느꼈다.

  연회가 시작되기 전부터 이 상태면 오늘 내내 얼마나 꼬치꼬치 사생활을 캐물을지 알 수 없었다.

  "텐류, 그쯤 해두거라. 젊은 사람들은 섬세한 법이니."

  시즈가 나무랐다.

세계가 넓다고 해도 제왕 텐류에게 주의를 줄 수 있는 것은 시즈 정도였다. 그렇기에 도깨비 소굴인 친족들도 시즈를 믿고 따를 수 있는 것이다.

"말도 안 되는 결혼을 강요하는 것도 멈춰 달라고 할아버지를 혼내주시면 안 될까요?"

사이토가 시즈에게 부탁했다.

"이제 와서 무슨 사랑 놀음이냐고 처음엔 어이가 없었지만, 뭐 그런 텐류를 평생 지지하겠노라 결정한 것은 나이니 어쩔 수 없구나."

"시즈 씨는 반대하지 않으셨나요?"

"50년 전만 해도 서민이었던 치요도 지금은 정·재계를 노릴 수 있는 사쿠라모리의 여장부. 호조 가문과 이어져서 손해는 아니야. 아내의 비위를 잘 맞춰주렴."

개인적인 감정으로 움직이는 텐류에 비해 시즈는 호조 가문의 번영을 위해 움직이는 것 같았다. 사이토는 어느 쪽에도 관심은 없었지만, 호조가의 실력자인 두 사람의 의견은 거스를 수 없었다.

시즈가 말했다.

"난 분명 사이토는 언젠가 시세이랑 결혼할 거라고만 생각했는데 말이지."

"설마요……."

사이토가 쓴웃음을 짓는데.

"……."

시세이의 얼굴은 새빨갛게 달아올라 있었다.

"왜 그래?"

"뭐가?"

"아니, 얼굴이 빨개서……."

"아무것도 아니야. 고추를 1톤 정도 먹었을 뿐."

"어디에 숨겨 온 거야."

"시세는 공간의 지배자. 평행 세계에서 고추를 원하는 만큼 가져올 수 있어."

"그런 대단한 힘이 있다면 더 유용하게 써."

고추 한정이라니, 재능 낭비가 따로 없다.

"혹시 부끄러워서 그래?"

"안 부끄러워."

시세이는 자기 자리로 걸어가더니 방석에 앉았다. 평정을 가장하려는 듯했지만, 귀까지 진홍색으로 물든 채 부들부들 떨고 있다. 이렇게까지 감정을 드러낸 시세이는 드물었다.

사이토가 시세이 옆에 자리했다.

"저런 건 그냥 농담이잖아. 신경 쓰지 마."

"……오빤 전혀 신경 안 써?"

"할배의 성희롱에 비하면 그나마 낫지."

"……그래."

시세이의 작은 주먹이 사이토의 입으로 파고들었다. 대미지는 없었지만, 입에 쏙 들어가 버려서 빠지지 않았다. 게다가 계속 밀어닥친다.

"우, 우읍…… 무슨……."

시세이는 주먹을 빼내더니 사이토의 무릎에 머리를 얹었다.

"시세는 오빠에게 머리 쓰다듬을 것을 요구한다."

"딱히 상관은 없는데……."

사이토는 석연치 않은 기분을 느끼면서도 시세이의 머리를 쓰다듬었다.

아카네는 요즘 히마리와 엇갈리는 느낌이 들었다.

히마리의 말과 표정은 다르지 않은데 뭔가가 달랐다. 초등학교 때부터 부정적인 감정을 거의 내비치지 않는 아이라 아무리 싫은 일이 있어도 곧잘 웃었지만, 요즘은 정말 히마리의 마음을 모르겠다.

그래서 사이토가 집을 비운 기회를 틈타 아카네는 히마리를 집으로 초대했다. 제대로 히마리와 대화하고 싶다. 또 옛날처럼 둘도 없는 단짝이 되어 손을 잡고 싶었다.

──히마리, 와 줄까……?

아카네가 불안해하며 집에서 기다리는데 초인종이 울렸다. 빨라지는 고동에 저도 모르게 종종걸음으로 현관문을 연다.

"어서 와, 히마……."

말을 건네려는 아카네를 히마리가 끌어안았다. 절대 놓지 않겠다는 듯 껴안더니, 그 자리에서 움직이지 않는다.

"자, 잠깐…… 왜 그래……?"

"불러줘서 고마워……. 아카네에게 미움받은 줄 알았어……."

등 뒤를 감싸고 있는 히마리의 팔이 작게 떨리고 있다.

"히마리를 미워할 리가 없잖아! 왜 그렇게 생각했어?"

미움받았을까 걱정한 건 오히려 아카네 쪽인데.

"요즘 사이토랑 집 가는 길에 같이 놀거나 늦게까지 붙잡아뒀으니까……. 아카네가 화나지 않았을까 하고……."

"화 안 났어! 히마리가 우리를 위해 애써주고 있다는 것도 잘 알고 있고, 사이토가 어딜 싸돌아다니든 아무 상관 없어!"

"정말……?"

"정말!"

아카네가 호언장담하듯 크게 소리쳤다.

찜찜한 마음이 있었던 것은 부인할 수 없지만 오랜 친구를 잃을 바엔 그런 마음을 삼키는 건 작은 일이다. 무엇보다도 중요한 것은 히마리와의 우정이다.

"다행이다……. 아카네, 좋아해."

"나도 좋아해."

서로의 뺨을 끌어안고 미소를 나눴다. 히마리와는 가까이 있기만 해도 가슴 깊은 곳에서 따스한 빛이 솟아올랐다. 이 관계만큼은 무너뜨리고 싶지 않다.

"괜찮은, 거지……? 앞으로 무슨 일이 있어도 우린 계속 절친인 거지……?"

"그, 그럼. 당연하지."

단언하는 아카네. 하지만 다짐을 받듯 물으니 반대로 미미한 불안이 가슴을 스쳤다. 앞으로 무슨 일이 있어도, 라는 건 무슨 뜻일까. 알고 싶지만, 알고 싶지 않았다.

──괜찮아. 우린 누구보다 친하니까.

슬며시 다가오는 그림자를 보이지 않게 덮어 버리고 아카네는 히마리를 집으로 들였다.

당장은 쓸데없는 생각은 하고 싶지 않았다. 모처럼 히마리와 많은 시간을 보내게 되었으니 1초라도 낭비 없이 즐기고 싶었다.

"오늘은 뭐 할까?"

"신선한 딸기를 팔고 있어서 컵케이크 재료를 준비해 놨어. 같이 만들지 않을래?"

"할래, 할래~ ♪. 마침 선물로 맛있는 다즐링도 가져왔어!"

"케이크랑 잘 어울리겠다."

별것 아닌 수다를 떨며 케이크 만들기를 진행했다.

아카네가 그릇에 생크림을 넣고 거품기로 거품을 낸다. 그러는 사이에 히마리는 다른 그릇에 달걀과 함께 설탕을 넣어 거품을 올렸다.

굳이 상의하지 않아도 알아서 역할 분담이 끝났다. 이것이 오랜 시간 사귀어 온 친구 간의 저력이다.

"역시 히마리랑 있을 때가 제일 편해."

"그 맘 알아~! 나도 아카네랑 있을 때가 제일 편해! 뭐든 용서받는 기분이고!"

"무슨 짓을 해도 다 용서하는 건 아냐."

"에이~, 용서해줘~♪."

"어쩔 수 없지."

단짝의 반짝이는 미소를 보고 있으면 정말 모든 것을 눈감아줄 수 있다는 생각이 드니 신기할 노릇이다.

아카네와 히마리는 완성된 반죽을 컵에 담아 오븐에 세팅했다.

굽는 데까지는 15분 정도 걸리지만, 눈을 떼면 대참사가 날 수 있었기에 의자에 앉아 상황을 지켜보았다.

"참! 둘이서 과자 만드는 중이라고 사이토한테 사진 보내야지!"

히마리가 테이블에서 스마트폰을 가져왔다. 오븐을 열고 컵케이크가 구워지는 사진을 찍더니 빠른 손놀림으로 타자를 쳤다.

"히, 히마리…… 사이토랑 연락처를 교환했어?"

"응? 했는데? 꽤 전에."

"꽤 전에?!"

아카네는 충격을 받았다.

사이토가 연락처를 교환한 여자는 여동생이나 다름없는 시세이를 제외하고는 자신뿐이라고 생각했다. 그런데 아카네보다 히마리가 먼저였다.

——그 바람둥이……!

순간적으로 그런 생각을 해버리는 아카네.

붕붕 머리를 흔들어 생각을 좇아냈다. 절대 바람이 아니다. 아카네와 사이토는 연인 사이가 아니니까.

애초에 연락처를 교환한 정도로 바람이라고 하는 것도 이상했다. 사이토가 호조 가문의 당주 자리를 이으면 비서나 부하 등등 수많은 여성과 연락을 하게 될 것이다.

——분명 미인에 섹시하고 말 잘 듣는 비서를 고용하겠지……. 그 녀석은 그런 남자니까……! 불결해!

상상만으로도 화가 치밀었다.

"……아카네? 나 사이토 ID 지우는 편이 좋을까?"

히마리가 걱정스럽게 물어오자 아카네는 정신을 차렸다. 깨닫고 보니 미간에 주름이 잡혀 있었다. 히마리에게 화를 내고 있다는 오해를 받을 수는 없었다.

"아, 아니! 완전 괜찮아! 그 녀석이 끈질기게 메시지를 보내거나 해서 민폐만 아니라면……."

"오히려 매일 밤 연락하는 건 내 쪽이야~."

"매일 밤?!"

"응. 어젯밤엔 목욕 후의 사진을 보내버렸지 뭐야."

히마리의 스마트폰에 사이토와의 대화가 표시되어 있었다.

히마리가 목욕 가운 한 장 걸치고 쪼그려 앉아 있는 사진. 길이가 짧은 탓에 허벅지도 아슬아슬하게 보이고 가슴팍도 들여다보인다. 희미하게 달아오른 뺨이 요염했다.

"약점을 잡힌 거라면 나한테 상담해!"

아카네가 울먹이며 히마리의 어깨를 잡았다.

"야, 약점?"

"협박받는 거지?! 그래서 억지로 성적인 사진을 요구당하는 거지?!"

"아니야~. 이러면 사이토가 두근거릴까 싶어서 내가 보낸 거야."

"그렇게까지 하는 거야……?"

"당연하지. 좋아하는 사람을 얻기 위해서라면 수단은 가리지 않아. 뭐, 완전히 무시당했지만."

히마리가 멋쩍게 뺨을 긁었다.

"내 소중한 친구에게 창피를 주다니…… 용서할 수 없어……."

"괜찮아, 이 정도는. 차단당하지 않은 것만으로도 기뻐. 아, 아까 거 답장 왔다!"

히마리의 스마트폰에 사이토의 메시지가 떴다.

『케이크도 만들어? 굉장하네.』

기쁘게 답장하는 히마리.

『사이토 몫도 챙겨둘게. 애정을 듬뿍 담았어.』

『애정은 필요 없어.』

『그럼 애정을 먼저 보내줄게!』

히마리가 하트 이모티콘을 대량으로 보냈다. 사이토에게서는 해골 모양 이모티콘이 대량으로 보내져 왔다. 스탬프를 사용한 송신 접전이 시작되었다.

——뭐야, 이게?!

지나치게 친근한 대화에 아카네의 어깨가 올라갔다.

연락처를 교환했지만, 사이토가 아카네에게 연락하는 일은 일절 없었다. 아카네가 보낸 메시지에도 무뚝뚝한 대답뿐으로 대화를 끝내고 싶다는 분위기가 역력했다.

그런데 이 대우의 차이는 무엇인가. 아카네보다 히마리와 채팅하는 것이 더 즐겁다는 말인가.

채팅에 빠진 히마리를 뒤로하고 아카네는 말없이 오븐에서 케이크를 꺼냈다. 잘 구워진 케이크를 틀에서 분리해 망 위에 올려 식혔다.

히마리가 스마트폰을 테이블에 놓고 다가왔다.

"미안, 아카네한테만 시켰네. 나도 도와줄게!"

"괜찮아……. 난 채팅도 잘 못하는 여자니까……. 채팅 검정 시험 권외니까…….."

"채팅 검정 시험이 뭐야?!"

두 사람은 케이크를 책받침이나 노트로 부채질하며 식혔다.

아카네가 생크림에 뿔이 생길 때까지 거품을 내고 히마리가 케이크 위에 짜서 장식했다.

작업을 진행하는 동안에도 아카네는 자신의 스마트폰을 신경 쓰며 힐끔거렸다.

──왜 나한테는 연락을 안 하는 걸까……. 본가에 잘 도착했다, 정도의 연락은 해도 되지 않을까…….

하지만 자신이 먼저 연락하는 건 외로워 보일 것 같아서 싫었다.

『큭큭큭, 역시 집 보는 거 외롭지? 내가 말했잖아.』

얄미운 미소를 짓는 사이토의 얼굴이 뇌리에 떠오르자 분노가 치밀었다.

"외로울 리 없잖아!"

아카네는 저도 모르게 근처의 인형을 주먹으로 내리쳤다.

"아카네?! 왜 그래?!"

깜짝 놀란 히마리.

"아, 아무것도 아니야……."

아카네는 인형을 안아 올려 미안하다고 사과했다. 봉제 인형의 입으로 솜이 삐져나와 있었다. 나중에 고쳐줘야지.

"혹시 사이토 연락을 기다려?"

"왜, 왜 내가 그런 녀석 연락을 기다리겠어?!"

정곡을 찔린 아카네는 불이라도 뿜을 듯 새빨갛게 달아 올랐다.

"……아카네는 '좋아'의 반대는 뭐라고 생각해?"

"'싫어'겠지."

그것이 사이토를 향한 아카네의 감정이다.

"아니야."

"응……?"

"좋아의 반대는 무관심이래. 나에게 있어 아무래도 상관 없는 상대라면 싫어할 일도 없으니까."

"그, 그게…… 왜……?"

히마리의 온화한 미소가 처음으로 아카네에게 무섭게 느껴졌다.

그녀가 하려는 말을 들어도 되는 것일까. 그 앞에는 자신이 상상도 할 수 없는 무시무시한 것이 기다리고 있는 것은 아닐까. 어쩐지 무릎이 떨려왔다.

히마리가 작게 한숨을 내쉬었다.

"딸기 장식할까?"

"으응……."

아카네는 케이크 만들기로 돌아갔다. 평소엔 딸기만 봐도 마음이 뛰는데 오늘은 그럴 정신이 없을 만큼 마음이 어수선했다.

그리고 여전히 사이토에게선 연락이 오지 않았다. 테이블 위에 올려놓은 아카네의 스마트폰은 쥐 죽은 듯 고요했다.

──어차피 귀여운 친척 애들이랑 신나게 놀고 있겠지?! 더는 돌아오지도 마!

아카네는 스마트폰을 노려보았다.

"오늘 재밌었어! 다음에 또 보자!"

"응! 또 봐."

히마리가 씩씩하게 손을 흔들며 돌아가고, 아카네는 현관에 덩그러니 남겨졌다.

갑자기 집안이 어두워졌다 했더니 벌써 해가 지고 있다. 히마리가 와 준 덕분에 잊고 있었지만 오늘 밤은 집에 혼자 있어야 했다.

아카네는 추위에 팔을 감싸고 자신의 공부방으로 돌아갔다.

──사이토가 없으니까 공부에 집중할 수 있겠어! 지금 거리를 벌려두면 반드시 그 녀석에게 본때를 보여줄 수 있을 거야!

책상에 참고서를 산더미처럼 쌓아두고는 펜을 쥐고 기

합을 넣었다.

하지만 좀처럼 집중이 되질 않았다. 마음에 큰 구멍이 생긴 것 같은 감각이었다.

히마리와 사이토의 친근한 대화가 떠올라 스마트폰에 자꾸만 시선이 간다. 몇 번이나 사이토와의 메시지 화면을 열어 연락이 오진 않았는지 확인하게 된다.

——외롭지…… 않아.

아카네는 스마트폰을 외면하고 공부방을 나왔다.

기분전환이라도 할까 싶어 1층으로 내려와 주방에서 차를 내렸다. 의자에 가볍게 걸터앉아 테이블 위에서 컵을 기울였다.

히마리가 가져다 준 홍차는 정말 맛있다. 하지만…….

——사이토에게 주면 어떤 감상을 들려줄까? 얄밉게 차에 대한 지식을 늘어놓으려나. 아니면 홍차의 맛은 잘 모를까.

저도 모르게 그런 생각이 들었다.

평소 같았으면 바로 앞의 소파에서 사이토가 앉아 책을 읽고 있을 시간이다. 아카네는 참고서를 펴고 가끔 사이토와 대화를 주고받으며 싸움을 하거나 같이 영화를 보곤 했다.

하지만 지금 그곳에 사이토는 없다. 아카네는 모르는 어딘가 먼 부잣집에서 호화로운 요리에 둘러싸여 있을 것이다. 분명 아카네 따위는 신경도 쓰지 않겠지.

언제부터 자신은 사이토 생각만 하게 된 걸까.

결혼할 때부터? 아마 아닐 거다.

고등학교 1학년 때부터 매일 사이토를 무너뜨릴 궁리만
해왔다. 도도한 그 남자의 콧대를 꺾고 싶었고, 어떻게든
자신의 존재를 인정받고 싶었다.

──외롭지 않아.

아카네는 홍차를 마시고 2층으로 돌아갔다. 계단을 밟는
발소리가 귀에 거슬렸다. 집안은 무서울 정도로 조용해서
이 세상에서 인류가 사라진 것처럼 느껴졌다.

공부방에 들어서자마자 스마트폰으로 눈이 갔다. 알림
램프는 켜져 있지 않았다. 앱을 실행해도 사이토에게서 메
시지는 오지 않았다.

가슴 깊은 곳에서 억울함이 밀려와 스마트폰을 바닥에
내동댕이쳤다.

노트가 펼쳐진 책상에 엎드린 채 팔에 뺨을 갖다 댔다.

"하나도…… 안 외로워."

아카네는 울먹이며 중얼거렸다.

호조 본가의 저택에서는 연회가 한창이었다.

"아～, 칸이 쓰러졌다～!" "나이 생각도 안 하고 원샷하
니까 그렇지!" "칸의 원수는 내가 갚겠다～!" "아무나 술통

가져와!" "우메도 쓰러졌어~!"

줄줄이 취해 쓰러지는 노인들.

호조의 재능을 물려받아 각자가 이끄는 회사에서는 공포의 마왕으로 군림해도, 눈치 볼 것 없는 친척끼리 모인 연회장에서는 그저 인간이다. 평소 의사결정자로서의 압박에 노출된 탓인지 노는 방식도 더 과격했다.

사용인들은 술이나 요리를 나르느라 분주했고 대기하고 있던 의사가 출동했다. 혼돈으로 가득 찬 큰 연회장에서 사이토는 술에 취한 권력자들을 끌고 마중 나온 운전사들에게 전해주었다.

"아직 안 가, 사이토오~. 난 아직 마실 수 있단 말이다~."

"네, 네. 집에 가서 물이나 드세요."

저항하는 대기업 전력 회사 회장을 고급차에 집어넣고 기어 나오기 전에 문을 닫았다. 운전사는 주인을 강제로 데리고 갈 수 없었으니 이런 일은 사이토 몫이었다.

연회장으로 돌아온 사이토는 자리에 앉아 한숨을 돌렸다. 먹다 지친 시세이는 사이토의 방석을 베고 잠들어 있다.

테이블 위에는 회나 게 등의 진수성찬이 계속해서 추가되었지만, 사이토는 더 이상 접시를 보기도 싫을 만큼 배가 불렀다. 잔치 음식은 속만 더부룩해서 아카네가 만들어주는 건강한 가정식이 그리웠다.

사이토는 스마트폰을 바라보았다. 모처럼 연락처도 교

환했으니 아카네에게 메시지를 보내볼까 했지만.

——역시 연락하면 짜증 내겠지……? 관둘까…….

아카네는 히마리랑 놀거나 공부를 하느라 바쁠 테고, 업무 연락 외엔 하지 말라면서 혼날 것 같다. 애초에 사이토와 아카네는 채팅으로 잡담을 즐기는 사이도 아니다.

사이토가 스마트폰을 노려보고 있는데 텐류가 다가왔다.

"자, 너도 마셔라!"

사이토의 어깨에 팔을 두르자 곧바로 술 냄새가 풍겨왔다. 일족의 독재자도 거나하게 취해 있었다.

"난 아직 18살이야."

"그 정도는 알고 있다. 내가 마시라고 한 건……."

텐류가 수수께끼의 액체가 담긴 잔을 내밀었다.

"녹즙 우롱차다!"

"왜 섞은 건데."

액체는 황토색. 위가 뒤집힐 것 같은 냄새와 꺼림칙한 오라가 감돌고 있었다.

"건강에 좋으니까 그렇지. 손자가 건강해지길 바라는 이 할애비 마음을 네가 아느냐?"

"손자가 고통받는 걸 보면서 즐기려는 것뿐이겠지."

텐류가 엄지손가락을 들었다.

"맞아."

"조금쯤은 변명하려는 노력이라도 해."

건강에 좋은 스페셜 음료라면 사이토가 개발한 단백질 채소 주스가 효과는 탁월했다. 아카네는 전혀 이해하지 못해 요즘은 마시지 못하지만. 아카네의 수제 요리가 있다면 굳이 마실 마음도 들지 않는다.

"자, 괴로워해라, 손자여."

"싫어!"

사이토는 할아버지의 주사에서 벗어나 잠든 시세이를 안고 연회장을 빠져나왔다. 정원과 마주 보는 바깥 복도를 걸으며 손자들을 위해 마련된 방 중 하나로 들어갔다.

서양식 실내엔 캐노피가 달린 침대와 인형 등 시세이 취향의 인테리어로 장식되어 있었다. 대기 중인 메이드 운전사가 의자에 앉아 차량 소식지를 읽고 있었다.

"감사합니다. 아가씨도 지치셨나 보네요."

사이토에게서 시세이를 받아들고는 그 작은 몸을 침대에 눕힌다. 이불을 조심스레 덮어주는 모습은 메이드라기보단 시세이의 언니 같았다.

"사이토 님도 여기서 주무시겠어요? 아가씨가 일어나면 기뻐하실 겁니다."

"내가 있으면 네가 잘 곳이 없잖아."

"사이토 님이라면 둘이 함께 즐기셔도 상관없습니다."

"뭘 즐기라는 거야!"

반듯한 용모의 메이드 운전사는 일말의 감정 조각도 내

비치지 않았다.

"하렘입니다. 공주님과 메이드를 동시에. 남자의 로망이죠."

공교롭게도 사이토의 눈에는 여동생과 폭주 운전사로밖에 보이지 않았다.

"침대만 좁아져. 난 옆방에서 잘게."

"이래서 동정은."

"뭐라고 했어?"

"아뇨. 성실한 사내는 듬직하지요. 사이토 님을 향한 존경심이 넘쳐흘러 가슴이 떨릴 지경입니다. 이 얼마나 대단한 인품이신지."

전자 음성을 연상케 하는 국어책 읽기다.

"마음에도 없는 말 하는 거 다 티나."

"안녕히 주무십시오. 좋은 꿈을."

치맛자락을 잡고 공손히 인사하고는 사이토를 내보낸다. 닫힌 장지문 너머로 메이드 운전사가 침대로 들어가며 천자락이 스치는 소리가 났다.

"하여간에……."

사이토는 옆방으로 들어갔다.

이 방은 텐류의 지시로 사이토의 취향에 맞춰 꾸며져 있었다. 역대 게임기 전종, 게임 소프트웨어는 물론 방대한 장서를 갖추고 있다. 어릴 땐 이 유혹에 못 이겨 마지못해 본가에 끌려왔었는데, 할아버지가 손자를 유혹해서 어쩔 생각이었던 걸까.

취침하기엔 이른 시간이라 사이토는 책장에서 책을 뒤적였다.

전에 방문했을 때와는 책의 라인업이 바뀐 것에 세심한 손길을 느꼈다. 듣자 하니 본가 사용인들이 정기적으로 사이토의 취향을 조사하여 책을 사들이고 있다고 한다. 왜 취향 데이터가 통째로 흘러들어 갔는지는 불분명하다.

사이토는 적당한 책을 들고 침대에 누웠다. 독서를 시작하려는데 스마트폰으로 착신이 들어왔다. 화면에 표시된 것은 아카네의 이름이었다.

사이토는 급히 전화를 받았다.

"왜 그래? 무슨 일 있어?"

『따, 딱히…… 아무 일도 없어.』

"내 목소리가 듣고 싶었어?"

농담처럼 말해보았다.

『아, 아니…… 그런 거 아니야!』

당황하며 부정하는 아카네. 그리고 침묵.

아카네의 열과 숨결이 전화 너머로 전해졌다. 멀리 떨어져 있을 텐데도 그녀의 존재감이 강하게 느껴졌다.

『너, 너랑 못 싸우니까 진정이 안 돼.』

"진정이 안 돼……?"

『그래. 너랑 난 1학년 때부터 계속 싸워댔잖아. 갑자기 조용해지니까 이상한 느낌이야.』

"내가 없는 게 더 편하지 않아?"

『편하긴 하지만…….』

아카네가 꺼질 듯이 작은 목소리로 말했다.

『……빨리 집에 돌아와.』

"……응."

아카네가 전화를 끊고 사이토의 의식은 저택 방으로 돌아왔다.

연회장에서는 친척들이 떠드는 소리가 들려온다.

연못에서 물고기가 헤엄치는 소리, 창호지 너머 등불의 빛.

"집…… 이라."

사이토는 무수한 책이 진열된 선반을 바라보며 그 말의 울림을 곱씹었다.

처음에는 사이 나쁜 동급생 두 명을 억지로 밀어 넣은 장소에 불과했다. 하지만 그곳은 이미 아카네나 사이토에게 있어 '집'이었다.

친가에서는 사이토가 돌아오길 기다려주는 사람이 없었다. 학교에서 귀가해도 부모님의 마중은 없었고, 아카네 같은 성가신 잔소리도 없었고, 아카네가 만들어주는 것 같은 식사도 없었다. 사이토는 가족의 누구도 필요로 하지 않는 존재였다.

하지만 지금은 아카네가 기다려주고 있다. 그 생각만으로도 사이토는 가슴속이 조금씩 뜨거워지는 것을 느꼈다.

"……또 한 가지, 그 녀석에 대해 알게 됐네."

고집불통에, 노력가에, 부끄러움을 많이 탄다.

그리고 아카네는…… 외로움도 많이 탄다.

아카네는 침대에서 몸을 뒤척였다.

바디필로우 대신 인형을 꼭 껴안고 머리맡에는 호신용 프라이팬. 사이토가 만들어두고 간 사이비 부적도 일단은 놓아두었다.

——잠이 안 와……. 혼자 자는 건 오랜만이지…….

친가에 있을 땐 줄곧 혼자였는데 이제는 사이토와 자는 것이 익숙해졌다. 이 사이즈의 침대는 혼자 눕기엔 크고, 사이토의 체온이 없어 서늘했다.

덜컹, 천장에서 소리가 들렸다.

——이상한 소리도 나! 더는 싫어!

아카네는 헤드폰을 끼고 수면 유도용 BGM을 크게 틀었다.

귀신 같은 건 없어. 쥐도 없어. 들리지 않고 보이지 않는 건 존재하지 않는다. 자신에게 필사적으로 암시를 하며 눈을 꼭 감았다.

하지만 아무리 지나도 잠이 오지 않았다.

핫 코코아라도 마실까 싶어 눈을 뜨는데…… 창 너머로
사람의 그림자가 보였다.

──헉?! 뭐야?! 도둑?!

벌떡 일어나는 아카네. 반동으로 헤드폰이 떨어졌다.

바깥에 있는 사람 그림자는 창문을 덜컹거리며 열려고
했다.

여긴 2층인데 어떻게 들어온 것일까. 심야에 침실로 들
어오려 하다니 정상적인 사람은 아니다. 괴한인가, 강도인
가, 더 흉악한 범죄자인가.

경찰에 신고할 틈은 없다. 그 전에 범인이 들어올 것이다.
밖으로 달려간다 해도 도망칠 자신이 없다.

──사이토가 있었다면 도와줬을 텐데!

아카네는 떨면서 호신용 프라이팬을 집어 들었다.

무서워. 너무 무섭다. 이럴 때 집을 비운 사이토가 원망
스러웠다. 자기 잘난 맛에 사는 녀석이지만 사이토라면 범
죄자 같은 거에 지지 않았을 텐데.

창문이 열리고 커튼 사이를 가르며 남자의 손이 방안으
로 쑥 들어왔다.

"이 도둑이……!"

아카네는 프라이팬을 휘둘러 전력으로 남자를 내리치려
고 했다.

"으악?!"

도둑이 비명을 지르며 프라이팬을 피하려다 균형을 잃는다.

아니, 그 얼굴은 도둑이 아니었다.

"사이토?!"

창밖으로 굴러떨어질 뻔한 사이토의 손을 아카네가 황급히 잡았다. 무거워서 팔이 떨어져 나갈 것 같았지만 정신없이 끌어당겼다.

어떻게든 사이토를 침실까지 끌어올렸을 땐 둘 다 숨을 헉헉거리며 주저앉은 채였다. 사이토의 옷은 여기저기 지저분했고 찢어진 곳도 있었다.

"뭐 하는 거야?!"

아카네가 경악스러운 심정으로 물었다. 호조 본가에 있어야 할 사이토가 갑자기 나타나고, 게다가 2층에서 굴러 들어 온 이 상황이 이해가 가질 않았다.

"현관에 체인이 걸려 있어서 못 들어왔어."

"초인종을 누르지!"

"몇 번 눌렀어."

"아…… 헤드폰을 끼고 있어서…….

"전화를 걸어도 안 받길래 자는 거라면 방해가 될 것 같아서."

그렇다고 2층으로 들어오는 것은 너무 무모했다.

"오늘 밤은 자고 오는 줄 알았는데."

"그러려고 했는데…… 버스를 타고 돌아왔어."

"버스가 아직 있었어?"

"도중에 없어져서 거기서부턴 걸어왔지."

"걸어서?! 얼마나 걸었는데?!"

"……두 시간 정도?"

"바보 아니야?!"

사이토가 멋쩍은 얼굴로 뺨을 긁적였다.

"저기…… 나도 너랑 못 싸우면 진정이 안 돼서."

"……."

아카네는 심장이 조여 오는 것을 느꼈다.

"땀 흘렸으니까 샤워 좀 하고 올게."

"으, 응."

사이토가 1층으로 내려가고 아카네는 침실에 남겨졌다.

계단 너머로 희미한 물소리가 들려왔다. 사이토의 숨결이 있다는 것만으로도 몸을 괴롭히던 옅은 한기가 사라지고, 더할 나위 없이 든든했다. 천장에서 삐걱이는 소리가 나도 아무렇지 않게 넘길 수 있었다.

아카네는 본인도 아래층으로 내려가 탈의실로 들어갔다.

희미한 유리문 너머로 사이토가 움직이는 그림자가 보였다. 머리를 감거나, 젖은 바닥 때문에 미끄러질 뻔하기도 하고, 자작곡인지 이상한 노래를 부르기도 했다.

탈의실 바닥엔 사이토의 옷이 널브러져 있었다. 평소 같으면 칠칠치 못하다고 격노했겠지만, 오늘은 분노도 나지 않았다.

——어쩔 수 없지…….

옷에 묻은 풀이나 흙을 털고 세탁기에 넣어둔다. 이렇게 옷이 더러워지다니, 대체 어디를 걸어 온 걸까. 땀 냄새도 강했지만, 전혀 불쾌하지 않았다.

아카네는 갓 빨아둔 목욕 수건을 선반에서 꺼내 욕실 앞에 두었다. 사이토가 욕실에서 나오려는 것을 보고는 서둘러 자리를 벗어나 침실로 달려갔다.

잠옷 차림의 사이토가 침실로 들어왔다.

아카네는 침대 위에 앉아 계속 여기에 있었다는 듯한 얼굴로 맞이했다.

"빠, 빨리 왔네."

"아까 욕실 앞에 있지 않았어?"

"그럴 리가 없잖아?! 내가 들여다보기라도 했다는 거야?!"

"그건 아니지만…… 왜 숨을 헐떡여?"

"이, 이건 저기…… 춤을 추고 있었어!"

"이 시간에?! 기운 넘치네! 나한테도 좀 보여줘."

사이토가 흥미를 보였다.

"거절할게! 너한테는 안 보여줘!"

아카네는 수치심으로 죽을 것만 같았다.

탈의실까지 갔는지 모르겠다. 외로웠던

것. 사이토 곁에 있고 싶었던 걸까.

설마. 하지만…….

"저기, 말이야. 잠깐 대화 좀 하지 않을래? 연회에서 있었던 일이나, 누가 왔다든가, 나한테도 들려줘."

"……쿠울."

아카네가 운을 뗐지만, 사이토는 침대에 들어가자마자 잠에 들었다. 이불도 제대로 덮지 않았다. 아카네는 한숨을 쉬며 사이토의 몸에 이불을 덮어주었다.

──어지간히도 피곤했나 보네. 하여간 바보같이…….

얌전히 저택에서 자고 왔으면 편했을 텐데, 외로워하는 아카네의 마음에 응해주었다. 무리하면서까지 아카네에게 돌아와 주었다.

그것이 기쁘고 기뻐서 참을 수가 없었다.

가슴 속이 뜨겁다. 요동치는 가슴이 가라앉지 않아 사이토를 껴안아 버릴 것만 같다.

하지만 그런 짓을 했다간 그가 깨고 만다. 말도 안 되는 짓을 벌였다는 것이 알려지는 것도 부끄럽고, 사이토는 이대로 푹 자게 하고 싶었다.

아카네는 사이토의 귓가에 얼굴을 대고 다정하게 속삭였다.

"……어서 와."

──듣고 말았다.

사이토는 온몸에 고열이 오르는 것을 느꼈다.

잠시 잠에서 깼을 때 아카네의 기척이 다가온다 싶더니, 평소 그녀로서는 상상도 할 수 없는 다정한 목소리가 들려 왔다.

타이밍이 좋은 것인지, 나쁜 것인지. 어쨌든 사이토가 깨어 있었다는 것이 들키면 아카네가 크게 화를 낼 것이라 는 사실만은 알았다.

모처럼 평화롭게 하루를 마무리하게 되었는데 그런 상 황은 좋지 않다. 지금부터 아카네와 싸울 기력도 체력도 남아 있지 않다.

사이토는 온 힘을 다해 자는 척하기로 했다.

절대로 들켜서는 안 된다. 묘하게 아카네와의 거리가 가 깝고, 그녀의 머리카락이 목덜미를 간지럽혀 왔지만 반응 해서는 안 된다.

하지만, 방금 아카네의 말투…… 어디선가 들은 적이 있 는 것 같은데…….

그래.

파티에서 만난 그 아이의 목소리와 닮아 있었다.

일요일 아침엔 자명종도 꺼놓고 잘 수 있는 만큼 푹 자는 것이 크나큰 행복이다.

어젯밤에는 오랜 시간 걷기도 했기 때문에 기분 좋은 피로감 속에 수면을 즐기던 사이토는 가까이서 느껴지는 기척에 눈을 떴다.

해는 이미 다 떠서 따스한 빛이 커튼 너머로 스며들고 있다. 평화로운 공기 속 아카네가 침대 끝에 양팔을 얹고 조용히 미소 지으며 사이토를 바라보고 있었다.

그 여신 같은 미소에 사이토는 심장이 두근거렸다. 졸음기가 밤이슬처럼 사라지고 침대에서 몸을 일으켰다.

"뭐, 뭐 하는 거야……?"

"자는 네 얼빠진 모습을 보고 있었어. 입은 계속 벌어져 있고, 침도 흐르고, 코 고는 소리는 시끄럽고, 정말 칠칠치 못하네."

여신의 웃는 얼굴은 온데간데없이 사라지고 이른 아침부터 욕설의 융단 폭격. 교내에서 조용히만 있으면 모델급 미소녀라고 평가받는 것도 납득이 갔다. 하지만 평소와 달리 말에 가시는 없었다.

"불만 있으면 잠자는 얼굴을 안 보면 되잖아."

"어머, 동물원에서 돼지의 자는 얼굴을 관찰하면 재밌잖아?"

"슬슬 법정으로 가도 될까?"

"그거 좋다, 재판관은 내가 맡을게!"

"나한테 불리한 판결밖에 안 나오잖아, 그 법정!"

사이토는 세수를 끝내고 거실로 들어갔다.

이미 아침 식사는 준비되어 있었다. 아카네가 냄비에서 칠기로 된 국그릇에 채소죽을 담아 주었다.

김과 함께 풍겨오는 따스한 냄새에 침이 고이는 것을 느낀 사이토는 참지 못하고 숟가락을 들어 죽을 먹었다.

얇게 썬 무는 반투명해질 때까지 끓여서 부드럽게 씹혔다. 달걀은 입안에서 사르르 녹았고 띄워 놓은 나물 잎사귀가 상쾌한 쓴맛으로 악센트를 주었다. 소금과 다시 육수만으로 만들어진 소박한 맛이 갓 일어난 몸에 저항 없이 흡수되었다.

"……맛있다."

"다행이다. 거한 음식만 먹고 왔을 테니까 속이 피곤할 것 같아서."

"맞아. 솔직히 아침은 굶어도 될 것 같았는데, 이거라면 몇 그릇도 먹을 수 있겠어."

"너무 많이 먹으면 안 돼. 죽어."

"치사량의 독이?!"

"그게 아니라, 과식은 몸에 나쁘잖아."

아카네가 내 몸을 걱정해주고 있어……? 사이토는 놀랐

지만 잘 생각해 보면 아카네는 늘 몸 관리만큼은 신경 써 주고 있었다.

친가에 있을 때보다 몸 상태도 좋고, 강제로 청소도 한 덕분에 기침이나 재채기가 나오는 일도 적어졌다. 의사를 목표로 한다더니 이런 것은 확실했다.

"사이토, 오늘 혹시 볼일 있어?"

"볼일? 특별히 없어서 책이나 읽으려고 했는데."

"그럼 같이 영화나 잔뜩 보자. 밖에서는 둘이 못 놀지만, 집 안이라면 괜찮으니까."

"둘이서 놀고 싶어?"

평소 같았으면 전력으로 부정당했을 물음인데.

"응. 사이토가 좋아하는 영화 같이 봐줄게."

아카네는 순순히 고개를 끄덕이고 빈 그릇에 죽을 더 부어주었다.

──왜 오늘은 이상하게 상냥하지……? 난 살해당하는 건가……?

사이토는 경계했지만 아카네에게 살의의 파동은 느껴지지 않았다. 묘하게 즐거운 얼굴로 생글생글 웃으며 사이토를 바라보고 있다. 어젯밤 사이토가 일찍 돌아온 것이 그렇게 기뻤던 걸까.

"……알았어. 하지만 내가 좋아하는 영화만 안 봐도 돼. 네가 좋아하는 영화도 번갈아서 보자."

"그럼《밀착! 아기 고양이 365일 노컷판》을……."

"서로 같은 시간만큼! 고등학교 졸업하겠어!"

사이토가 단단히 못을 박았다.

아침 식사를 마치고 둘이 나란히 소파에 앉았다. 사이토는 전에 사 온 감자칩의 배 부분을 뜯어 테이블에 두었다.

아카네는 고양이 모양 쿠키가 담긴 접시를 가져왔다.

"아침에 쿠키를 구웠거든. 영화 보면서 먹자."

"간식까지 직접 만들고, 철저하게 준비했네."

만약 영화 감상을 거절했다면 피를 보게 되었을지도 모른다.

"열 개 중 하나에 꽝도 있으니까 조심해."

"꽝이 뭔데……?"

"꽝 쿠키 안에는……. 안 돼, 이 이상은 말 못 해!"

"공포밖에 안 느껴지는데."

"생명 보장은 해 줄 테니까 괜찮아."

"쿠키에 생명 보장이 필요하다는 시점에서 이미 무서워."

사이토가 TV를 켜고 게임기에서 영상 앱을 실행하고 있는데 스마트폰에 알림이 울렸다. 히마리가 보낸 메시지였다.

『안녕, 안녕~♪. 사이토, 지금 뭐 해? 통화 안 할래?』

『지금 손을 놓을 수가 없어서.』

『책 읽어?』

『그런 건 아닌데.』

메시지를 주고받는 사이토를 향해 아카네가 비난 섞인 시선을 보내왔다.

"또 히마리랑 노닥거리는 거야?"

"노닥거린 적 없어. 무시할 순 없잖아."

"말은 그러면서 어제도 스탬프 주고받았잖아."

"보, 보고 있었어?"

사이토는 수수께끼의 수치심에 사로잡혔다. 무심코 히마리의 대화에 맞춰 이모티콘과 스탬프를 잔뜩 써버렸는데, 어울리지 않는 짓을 했다는 자각은 있었다.

"봤어! 완전 연인이던데!"

"스탬프를 주고받은 것만으로 연인이 되진 않지."

"거의 연인이지! 야, 야한 사진도 서로 보내던데!"

"나는 안 보냈어!"

"히마리한테 받았잖아! 저장 같은 거 안 했겠지?!"

"할 리가 있냐!"

아카네가 홍조를 띤 얼굴로 힐책했다.

"히마리의 사진을 입 밖에 낼 수 없을 정도로 끔찍한 일에 쓸 거지?!"

"끔찍한 일이라는 게 뭔데?!"

"아, 악마 소환 의식이라든가……."

"소중한 반 친구를 제물로?!"

"넌 그런 녀석이야!"

여전히 끊이지 않는 말다툼. 아카네가 쿠키를 베어 무는 소리에 살상력이 가득 담겨 있다. 잘못 대답하면 사이토도 뼈가 으스러질지도 모른다.

——질투……는 아니겠지……?

아카네에 한해서 그런 일은 있을 수 없다. 소중한 친구를 사이토에게 빼앗긴 것 같아 불쾌할 뿐이겠지. 이 이상 아카네를 자극했다간 생명이 위태로울 것 같아 사이토는 스마트폰을 테이블 아래에 넣어두었다.

어젯밤 들었던 아카네의 온화한 목소리는 역시 그냥 헛소리였나. '그 아이'를 닮았다고 조금 생각해 버렸는데.

만약을 위해 사이토는 아카네에게 탐색을 해 보았다.

"내가 아카네랑 만난 건 고등학교 때가 처음이지?"

"어? 뭐, 뭐어……."

"그럼 왜 입학식 날, '호조, 오랜만이야'라고 인사한 거야?"

"……뭐? 그게 무슨 소리야. 잘못 들은 거 아냐?"

아카네가 얼굴을 찡그렸다.

"아니, 분명 들었어. 그리고 내 기억은 열화되지 않아."

"그럼 내가 다른 사람과 착각한 거겠지. 너처럼 못된 녀석을 진작부터 알았다면 굳이 가까이 가지도 않았을 거야."

소파에서 일어난 아카네가 사이토에게 등을 돌렸다.

"어디 가?"

"기분이 별로야. 내 방에서 좀 쉴래."

아카네는 뒤도 돌아보지 않고 어깨를 들썩이며 거실을 떠났다.

──역시 아카네는 아닌가…….

그렇다면 그 아이는 대체 누구일까. 지금 어디에 있는 것일까.

사이토는 짐작도 할 수 없었다.

공부방으로 뛰어 들어간 아카네의 심장이 크게 요동쳤다.

"어째서 그런 걸 기억하는 거야……."

얼굴이 타오르는 것처럼 뜨겁다. 이대로 거실에 있다가는 빨개진 얼굴을 사이토에게 보일 것 같아서, 괴로운 과거가 파헤쳐질까 두려워서 도망칠 수밖에 없었다.

"중요한 건 기억도 못 하면서……."

아카네가 입술을 깨물었다.

호조 사이토와 처음 만난 것은 그의 졸업 기념 파티였다.

할머니 치요에게 끌려온 호조 가문의 별장.

호화로운 요리와 눈부신 보석으로 장식한 사람들의 분위기에 아카네는 압도당했다. TV에서나 볼 법한 유명인이 무수했고, 어느 기업 사장과 여배우가 샴페인을 한 손에 들고 담소를 나누고 있었다.

할머니의 요릿집에서 그런 손님을 보긴 했지만 어디까

지나 제삼자였던 아카네가 이런 파티에 참여한 경험은 없었다. 아카네도 할머니가 사주신 드레스를 입고 긴 머리를 곱게 묶고 있었지만, 이곳과는 어울리지 않는 느낌이 강렬했다.

어느새 할머니는 사라져 버렸고, 어디서 무엇을 해야 할지 알 수 없었다. 너무 긴장해서 다른 손님이 말을 걸어도 잘 대답하지 못했다. 그야말로 꿔다 놓은 보릿자루가 따로 없었다.

금세 지쳐 버린 그녀가 소란스러움을 피해 발코니로 나왔을 때, 그곳에 사이토가 있었다. 잘 차려입은 반듯한 예복을 입고 지루하다는 얼굴로 하품을 하고 있다.

호조 그룹의 후계자이자 이 파티의 주역. 하지만 파티를 즐기는 것처럼은 보이지 않았다.

"아, 안녕하세요."

눈이 마주친 아카네가 사이토에게 인사했다.

"안녕. 피곤한가 보네."

"네, 네. 이런 곳엔 와본 적이 없어서 진정이 안 돼서요. 바깥 공기를 좀 쐬고 싶어서 나왔어요……."

긴장한 나머지 존댓말이 나와 버렸다.

상대는 같은 학년이지만 사는 세계가 다른 먼 존재. 회장에서 유명인들이 너나 할 것 없이 사이토에게 인사하고 입바른 소리를 하는 것을 아카네도 보고 있었다.

"방해되면 저는 돌아가……."

"잠깐만!"

떠나려는 아카네의 어깨를 사이토가 잡았다.

"뭐, 뭔가요?"

"앗, 미안. 나도 녀석들의 기세에 질려 있었거든. 사교성 멘트라든가, 비위 맞추기도 다 성가시기만 하고. 한가하면 대화나 좀 하지 않을래?"

"……네!"

'좀'이라는 건 거짓말이었다. 그 이후로 집에 돌아갈 때까지 아카네는 쭉 사이토와 둘이서 수다를 떨었으니까.

아카네가 지금까지 만나 온 또래 아이들과 달리 사이토의 생각은 어른스러웠다. 역사, 철학, 과학, 문학에 시사까지, 온갖 지식에 능통하다 보니 꼬리에 꼬리를 물고 재미있는 이야기가 나왔다. 고무줄놀이나 축구에 열광하는 반아이들과는 전혀 달랐다.

학교에서 아카네가 고립된 것은 교제에 서툴기 때문만은 아니었다. 정상의 성적을 독식하는 아카네의 대화 수준을 따라올 학생이 없었다.

아카네가 책을 읽고 재미있다고 느낀 지식을 알려줘도 초등학생 반 아이들은 고개를 갸우뚱할 뿐이었다. 비유적인 표현이나 비꼬는 표현조차 전해지질 않았다. 거의 말이 통하지 않는 외국인 같았다.

하지만 사이토는 아카네의 말을 제대로 이해했다. 더구나 아카네가 모르는 것들을 많이 알려주었다.

──즐거워! 너무 재밌어!

남자애와의 대화로 이렇게나 마음이 들뜬 것은 태어나서 처음이었다.

그의 몸짓, 서 있는 자세, 웃을 때의 표정, 목소리의 울림, 모든 것에 가슴이 뛰었다.

눈 깜짝할 새 시간이 흘렀고 돌아가는 택시에서 아카네는 눈물을 글썽였다. 아직 더 같이 있고 싶었는데 집으로 돌아가야 했다.

부끄러워서 연락처도 교환하지 못했다. 다시는 그와 만날 수 없으리라. 서민에게 있어 호조 가문의 상속자는 너무나도 멀었다.

그렇게 생각했는데.

중학교 3학년에 되고, 수능 시험장인 고등학교에 간 아카네는 사이토의 모습을 발견하고 자신의 눈을 의심했다.

그렇게까지 수준 높은 학교는 아니었기에 부자가 다닐 만한 고등학교는 아닐 텐데, 조금 떨어진 자리에 사이토가 앉아 있었다. 생김새는 전보다 더 남자답게 성장했지만, 자신감에 찬 왕자님 같은 분위기가 다른 학생들과는 확연히 달랐다. 명찰에도 호조라고 적혀 있었다.

──호조 군이 이 학교 시험을 보는 거야……? 그렇다면

같은 학교에 다닐 수 있어……?

아카네는 평소보다 더 기합을 넣고 시험문제를 풀었다.

결과 발표 날에도 사이토는 같은 고등학교에 와 있었다. 여동생으로 보이는 작은 여자애가 함께 있었다. 아무래도 사이토는 합격한 것 같지만 다른 응시자들처럼 소란을 피우지 않고 당연하다는 표정을 짓고 있었다.

그리고 입학식 당일.

새 교복을 입은 아카네는 두근거리는 마음으로 등교했다.

앞으로는 그와 매일 함께할 수 있다. 함께 공부하거나, 도시락을 먹거나, 하굣길에 놀러 다닐 수도 있다.

또 그때의 이야기를 이어갈 수 있다. 분명 그는 아카네와의 재회에 깜짝 놀라며 그리움을 띤 미소를 지어줄 것이다.

기대에 부푼 아카네는 교실에서 사이토에게 다가갔다.

긴장으로 무릎이 떨리고 당장이라도 도망칠 것만 같다. 머리가 빙글빙글 돌고 몸이 뜨거워서 사이토의 얼굴을 정면으로 볼 수 없었다.

아카네는 긴 교복 소매를 움켜쥐고 큰 목소리로 외쳤다.

"호, 호조 군. 오랜만이야."

"……누구?"

사이토는 아카네를 기억하지도 못했다.

푹 하고 가슴에 박히는 아픔.

그로부터 2년이나 지났는데도, 생각만으로도 괴로워졌다.

"정말로…… 싫어……."

아카네는 공부방 벽에 주먹을 내리쳤다.

결국 과거 자신들이 파티에서 만났다는 것은 말하지 못하고 끝났다. 사이토가 기억하지 못하는데 자신만 기억하는 건…… 게다가 그와 재회한 것을 그렇게나 기뻐했다는 것은 억울해서 말할 수가 없었다.

그 후로 아카네는 사이토의 얼굴만 보면 싸움을 걸었고 어느덧 앙숙이 되어 있었다.

이제 와서 그때의 일을 설명하라고? 덧없는 기대에 마음을 부풀리면서 '호조 군, 오랜만이야'라는 말을 걸었다고?

그런 건 절대 불가능하다. 아카네의 자존심이 허락하지 않았다. 즐거웠던 파티에서의 추억은, 없었던 거다. 없었던 일로 할 수밖에 없는 것이다.

"사이토 바보……."

아카네는 아픈 가슴을 누르며 힘없이 중얼거렸다.

저녁이 되어도 아카네는 2층에서 내려오지 않았다.

애초에 오늘은 독서로 하루를 보낼 생각이었기에 사이토로서는 문제 될 게 없었다. 하지만 모처럼 아카네가 영화 감상을 권유했는데 이뤄지지 못한 것은 조금 아쉬웠다.

사이토가 아카네의 공부방 문을 두드렸다.

"……아카네? 괜찮아? 아프면 병원에 가."